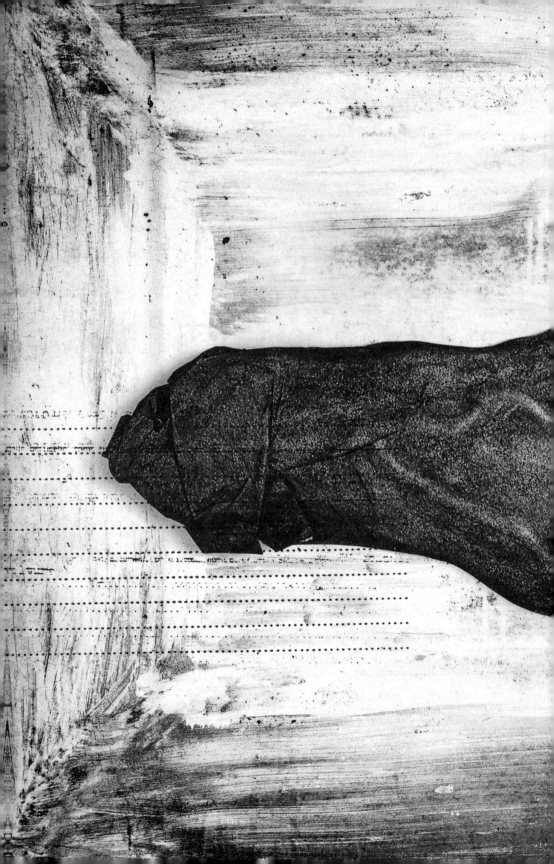

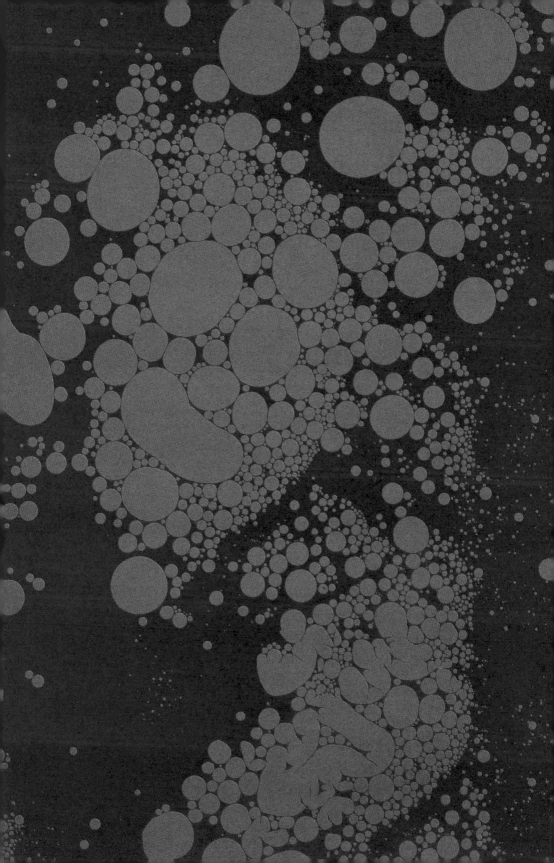

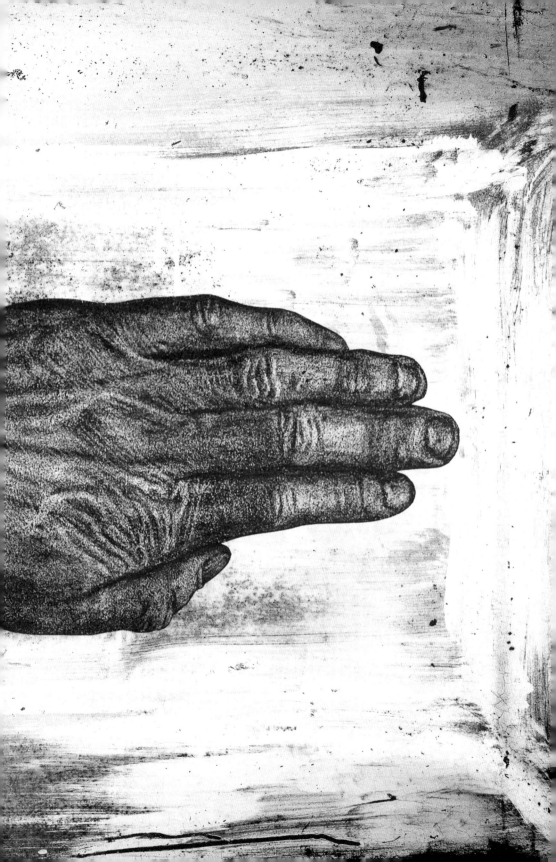

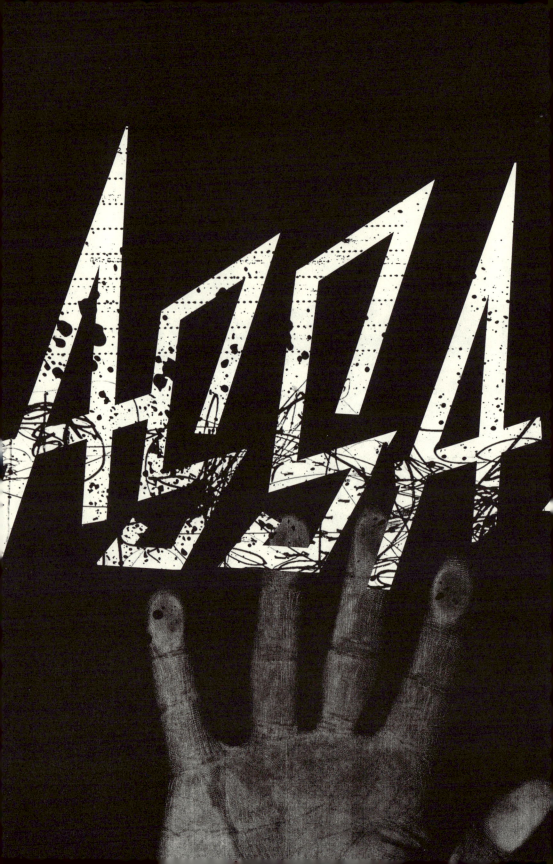

JIM THOMPSON

POING

EM MIM

DADOS INTERNACIONAIS DE
CATALOGAÇÃO NA PUBLICAÇÃO (CIP)
Jéssica de Oliveira Molinari - CRB-8/9852

Thompson, Jim
O assassino em mim / Jim Thompson ; tradução de
Paulo Cecconi; ilustrações de Jérôme Oudot.
— Rio de Janeiro : DarkSide Books, 2023.
208 p.

ISBN 978-65-5598-297-8
Título original: The Killer Inside Me

1. Ficção norte-americana
I. Título II. Cecconi, Paulo III. Oudot, Jérôme

23-3668   CDD 813

Índice para catálogo sistemático:
1. Ficção norte-americana

Impressão: Leograf

THE KILLER INSIDE ME
Copyright © 1952 by Jim Thompson
Copyright © 1980 by Alberta Thompson (renewed)
Introdução © 1988 by Stephen King
Ilustrações de Capa e Miolo © Jérôme Oudot
Todos os direitos reservados
Tradução para a língua portuguesa © Paulo Cecconi, 2023

"Listen to me, baby / Hear ev'ry
word I say / No one could love you
the way I do / 'Cause they don't
know how to love you my way / You
give me fever / When you kiss me
/ Fever when you hold me tight"
– "Fever", Little Willie John

Fazenda Macabra
Reverendo Menezes
Pastora Moritz
Coveiro Assis
Caseiro Moraes

Leitura Sagrada
Cesar Bravo
Fernanda Marão
Vanessa Rodriguez
Tinhoso e Ventura

Direção de Arte
Macabra

Coord. de Diagramação
Sergio Chaves

Colaboradores
Jefferson Cortinove
Jessica Reinaldo

A toda Família DarkSide

MACABRA™
DARKSIDE

Todos os direitos desta edição reservados à
DarkSide® Entretenimento Ltda. • darksidebooks.com
Macabra™ Filmes Ltda. • macabra.tv

© 2023 MACABRA/ DARKSIDE

INTRODUÇÃO
STEPHEN KING

TRADUÇÃO
PAULO CECCONI

MACABRA
DARKSIDE

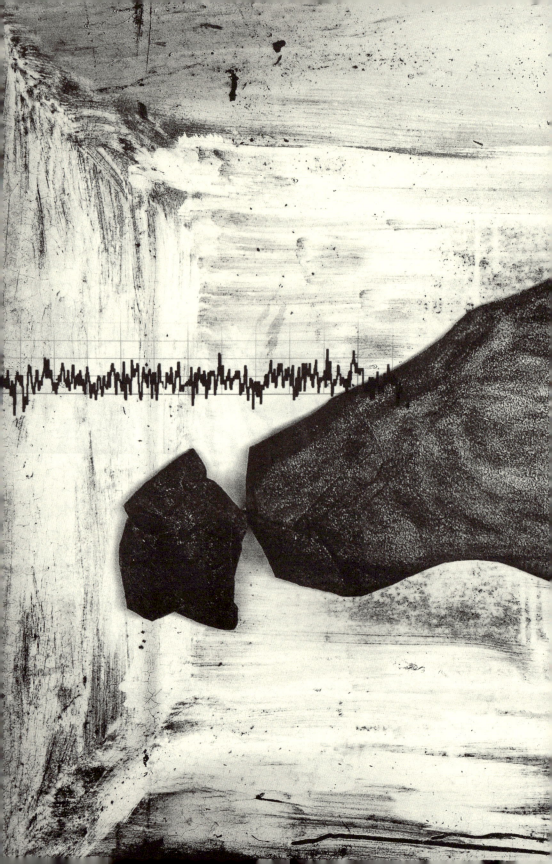

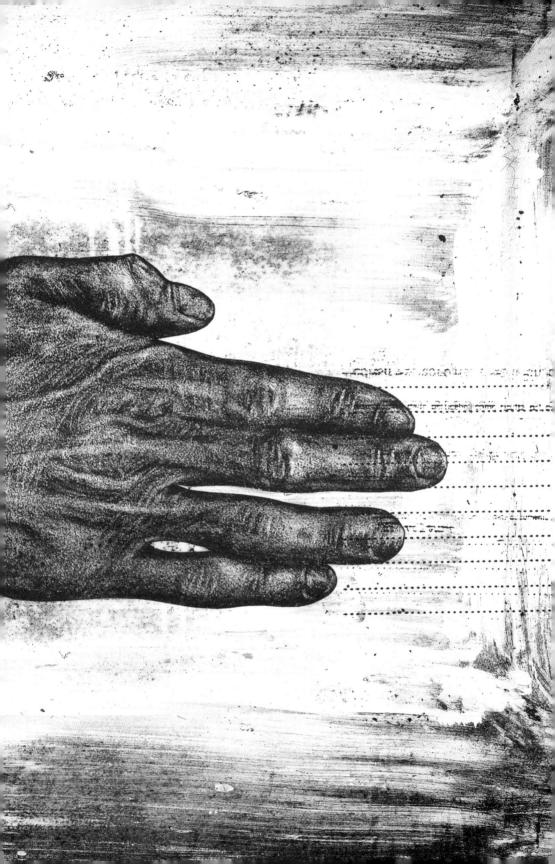

O ASS4%%INO 3M M1M

ATENÇÃO! CUIDADO!
Caroneiros podem ser lunáticos fugitivos!

Introdução de **Stephen King**
(com spoilers, você sabe)

Quando uma placa com estes dizeres aparece à beira da estrada no mundo de pesadelos de Jim Thompson, ninguém sequer comenta... o que pode ser uma das razões pelas quais a obra de Thompson ainda vale a pena ser lida mais de quarenta anos depois de seu lançamento original. Quando lançados pela primeira vez, os romances surgiram quase que como originais em brochura, apenas mais alguns títulos em meio a enxurrada de ficção desencadeada pelo popular formato de "livro de bolso". A maioria dos outros trabalhos publicados no final dos anos 1940 e 1950 há muito foram enterrados sob a poeira dos anos, mas Thompson ainda é lido... mais até do que quando era vivo e estava no auge. Na verdade, estamos em meio a um pequeno renascimento de Thompson: quase todos os seus romances estão impressos em brochura; duas coleções de três romances cada estão disponíveis graças a Donald Fine sob o título *HardCore*, e um livro de sua prosa não reunida, *Fireworks*, foi publicado.

Surpreendentemente, quase todos os seus livros são considerados como "boas leituras". Mais incrível ainda, dois ou três (*Pop. 1280*, *The Grifters* e *The Getaway* seriam minhas recomendações) são considerados "bons exemplos do romance americano da época". E um deles, este, permanece tão atemporal e importante quanto sempre foi. *O Assassino em Mim* não é nada menos do que um clássico norte-americano, um romance que merece espaço na mesma prateleira que *Moby Dick*, *Huckleberry Finn*, *O Sol Também Se Levanta* e *Enquanto Agonizo*. Os outros livros de Thompson são quase tão bons ou até melhores, mas todos empalidecem diante da horrível e hipnotizante história de Lou Ford, o sorridente bom garoto do Texas que prefere espancar você até a morte com clichês do que atirar com uma .44... Mas ele não tem medo de pegar a arma caso os clichês não funcionem — e utilizá-la.

Antes de Kerouac, antes de Ginsberg, antes de Marlon Brando em *O Selvagem* ("Contra o que vocês estão se rebelando, rapazes?" / "O que tiver pela frente!") ou Yossarian em *Catch-22*, este romancista anônimo e de pouca instrução de Oklahoma capturou o espírito de sua época e o espírito da segunda metade do século XX: vazio, com sentimento de perda em uma terra de abundância, de desconforto em meio à conformidade, de alienação naquilo que deveria ser, no mundo pós-Segunda Guerra Mundial, uma geração de fraternidade.

> *O paciente sofre de fortes sentimentos de culpa... combinados à sensação de frustração e perseguição... que aumentam conforme envelhece; contudo, raramente são detectados sinais de... perturbações. Pelo contrário, o comportamento parece absolutamente lógico. Os argumentos que o paciente apresenta são razoáveis, até mesmo astutos. É plenamente ciente do que faz e por que faz...*

Lou Ford extrai a citação acima de um livro de psicologia escrito por "um cara... chamado Kraeplin" enquanto sua história se aproxima da inevitável conclusão. Não faço ideia se o sr. Kraeplin é real ou outro produto da imaginação de Thompson, mas eu sei que a descrição se encaixa em muito mais pessoas do que em apenas um vice-delegado mentalmente perturbado em uma cidade do Texas. Descreve uma geração de assassinos, desde Caryl Chessman a Lee Harvey Oswald, de John Wayne Gacy a Ted Bundy. Ao reler o trecho, seria preciso dizer que também descreve uma geração de políticos: Joe McCarthy, Richard Nixon, Oliver North, Alexander Haig e muitos outros. Em Lou Ford, Jim Thompson retratou pela primeira vez a imagem do Grande Sociopata Americano.

Não é que Lou Ford seja um assassino sem consciência; seria quase reconfortante se fosse o caso. Mas Lou Ford gosta de pessoas. Ele faz de tudo para ajudar Johnnie Pappas, filho do dono de um restaurante em Central City e garoto-problema local. E quando Lou quebra o pescoço de Johnnie e o pendura em sua cela para transformar assassinato em algo que remeta a um suicídio, ele o faz com genuína e intensa tristeza.

No entanto, quando Lou leva Elmer Conway para a armadilha que ele elaborou cuidadosamente, e quando Conway se depara com a isca da armadilha — o terrível corpo espancado de uma prostituta chamada Joyce Lakeland — Lou começa a rir, exibindo um prazer intenso e maligno tanto na mulher espancada quanto na reação de Conway.

> *Eu ri — era rir ou fazer algo pior — e Elmer apertou os olhos e gritou. Urrei de tanto rir, ri tanto que cheguei a dobrar o corpo e bater as mãos nos joelhos. Me curvei, rindo e peidando e, por isso, rindo mais ainda. Até que ri tudo o que tinha pra rir. Gastei todas as risadas que eu tinha.*

O fato de Thompson ter sido amplamente ignorado tanto pelo público em geral quanto pelos críticos de sua época pode ser considerado algo que partiu de conclusões precipitadas, penso, da amostra do estilo ácido e inflamado Thompson citado acima. Em um ano (1952) em que Ozzie e Harriet eram o casal favorito da América do pós-guerra e *The Caine Mutiny* (um romance de Herman Wouk sobre a vitória final da racionalidade sobre a covardia e a insanidade) foi o vencedor do Prêmio Pulitzer de literatura, ninguém realmente queria lidar com o caso de um assassino tão feliz com o que faz que ri e peida antes de atirar no confuso e bêbado Conway com seis balas à queima-roupa. Thompson também não nos permite o conforto de acreditar que o delegado Lou Ford é um mutante, um cara qualquer, uma aberração isolada. Em uma das passagens clássicas do romance, Thompson sugere exatamente o oposto — que existem Lou Fords em todos os lugares:

Tenho o hábito de vagar pelas ruas às vezes, me recostar na frente de alguma loja, chapéu empurrado pra trás e as pernas cruzadas com uma bota por cima da outra. Cara, se você passou por essas bandas, provavelmente já me viu. Eu fico assim, parecendo ao mesmo tempo amigável, pacífico e idiota, como se eu não me importasse com nada. E gargalho por dentro o tempo todo. Só de observar as pessoas.

O fato é que todos nós já vimos caras que se encaixam exatamente nessa descrição, até o sorriso pateta e o chapéu pendendo para trás. Os olhos honestos, embora um pouco caídos, o sorriso sincero. Sabemos que a primeira coisa que vai sair da boca desse sujeito vai ser *"Dia, parceiro!"*, e a última coisa vai ser "A gente se vê". Jim Thompson quer que passemos o resto de nossas vidas imaginando o que está por trás desses sorrisos (e se você pensa que os vilões sorridentes não existem, dê uma boa olhada em uma foto de Ted Bundy ou John Wayne Gacy, dois Lou Fords da vida real). No mundo de Jim Thompson, os sinais alertam para possíveis lunáticos fugitivos em vez de animais que cruzam a estrada, e o delegado Barney Fife é um psicopata alucinado.

Não há nada elegante em *O Assassino em Mim*. Na verdade, uma das coisas mais incríveis que percebi ao reler o livro foi o quanto Thompson escapou impune (ou quanto a Lion Books permitiu que ele escapasse impune) em uma época em que mostrar uma mulher de sutiã era proibido em filmes americanos e você poderia — teoricamente, pelo menos — ser preso por possuir uma cópia de *O Amante de Lady Chatterley*:

Em muitos livros que li, os autores parecem perder o rumo sempre que chegam a algum clímax. Começam a esquecer a pontuação e a grudar uma palavra na outra, a discorrer sobre estrelas brilhantes e sobre afundar em um mar profundo sem sonhos. E não é possível distinguir se o herói está traçando a namorada ou uma parede. Acho que esse tipo de palhaçada é pra ser profunda — vários críticos literários engolem isso de colherada. Mas, na minha opinião, isso é um escritor com preguiça de trabalhar. E eu posso ser muitas coisas, mas preguiçoso eu não sou. Vou contar tudo.

Ele conta, incluindo algumas coisas que não temos certeza se queremos saber. E ele conta em uma linguagem incrivelmente direta e sem hesitação. Por exemplo:

"E é bom acrescentar uma nota de rodapé pra avisar que o próximo filho da puta que mandarem pra cá vai apanhar tanto que o cu vai virar colarinho."

"Bem, quando chego ao meu limite, mato algumas pessoas. Enforco usando um cabo de arame farpado que guardo em casa. Depois disso, me sinto bem."

"Nossa! Sabe como é, Lou. Ela é dessas que fazem você babar, dá vontade de ir atrás dela pela cidade toda."

Ora, parceiro, é simples. Tão fácil quanto pregar o próprio saco em um toco de madeira e cair de costas.

E a minha *crudités* favorita de Thompson:

Deus, eram tantos detalhes pra resolver! Até o tamanho da mala que levaríamos pra lua de mel.

Algumas dessas vulgaridades são brutais o suficiente para afetar até mesmo os leitores que se habituaram a textos sombrios; eles devem ter ficado bastante chocados em 1952. Leslie Fiedler sugere em *Love and Death in the American Novel* que a linguagem em si é muito menos importante do que o espírito com o qual essa linguagem é imbuída, e mesmo depois de todos esses anos, a linguagem que Thompson emprega para contar a história do delegado Ford tem uma espécie de feiura arregalada que raspa em nossas mentes como cerdas duras de arame. Contudo, não há nada pornográfico; muito pelo contrário. Em sua introdução ao trabalho de Thompson (que está impressa na frente de todas as edições da Black Lizard), Barry Gifford observa:

Ele pode ser um excelente escritor, capaz de criar um diálogo tão nítido quanto o de Hammett, uma prosa descritiva tão convincente quanto a de Chandler. Mas então, de repente, virão dois ou três capítulos sucessivos de escrita descartável mais típica da escola de ficção Trash and Slash original em brochura.

Esta é uma avaliação perfeitamente justa da maioria dos livros de Thompson. A razão, eu acho, é a mesma de escritores cuidadosos como John D. MacDonald, David Goodis e Donald E. Westlake (que passou aquele período escrevendo sob tantos pseudônimos que só Deus e o próprio Westlake sabem quantos foram) que, às vezes, caía em atalhos: a grande máquina mercadológica estava faminta e precisava ser alimentada, e o salário era tão baixo que você tinha que escrever muita prosa para ganhar a vida. Os livros costumavam ser escritos em um mês, às vezes em duas semanas, e o próprio Thompson gabava-se de ter escrito dois de seus títulos em períodos de 48 horas (se julgarmos pela qualidade, um desses dois deve ter sido o infame *Cropper's Cabin*). Houve pouco tempo para reescrever e nenhum para polir. A notícia de que Joseph Heller, duas décadas depois, trabalharia por sete anos para produzir um tijolo malsucedido como *Something Happened* teria deixado esses escritores velozes boquiabertos.

Porém, em *O Assassino em Mim*, eu diria que há pouco ou nenhum dos escritos descartáveis que Gifford menciona. Neste livro, a musa de Thompson parece tê-lo conduzido perfeitamente. Todas as vulgaridades country de Lou Ford são equilibradas — e desequilibradas — por algum comentário enérgico e perturbador sobre a condição humana. Tais comentários correm o risco de ter pouca utilidade para a história... de ser, na verdade, a imagem negativa dos clichês sem sentido com os quais o sorridente Lou critica as pessoas que ele não gosta ("Não é o calor, é a umidade", "O homem com um sorriso no rosto é o que ganha a briga" etc, etc). Em vez disso, eles têm exatamente o mesmo efeito assustador vazio que as vulgaridades de Ford. Mais uma vez, a linguagem foi imbuída com um tom que o eleva consideravelmente acima do uso trivial que Thompson emprega às palavras.

"Por que apareciam na minha porta e pediam pra morrer?" Lou Ford reclama repentinamente no meio de sua história. "Por que não se matavam de uma vez?" Até aqui, Ford vem narrando, racional e completamente, a história de como o andarilho que ele expulsou da cidade no primeiro capítulo do livro voltou para assombrá-lo. Nesse relato racional, como um crânio humano que desliza da escuridão para a luz da lâmpada, vem esse grito paranoico, fingido, poético.

Quando esse andarilho mais tarde vê o corpo já assassinado de Amy, ele tem uma crise de horror que Lou não considera lamentável ou assustadora, mas extremamente engraçada... e tal é o poder de sua visão distorcida que aquilo também nos parece engraçado.

> *Já viu um desses cantores de jazz de quinta categoria? Sabe, esses que mexem demais o corpo pra desviar a atenção do fato de não cantarem muito bem? Ficam se inclinando pra trás, com a cabeça empinada pra frente, apoiam as mãos na altura da costela e dançam tudo torto? E meio que cambaleiam e giram o quadril?*
>
> *Ele ficou assim, e não parava de fazer aquele som engraçado, a boca tremendo em alta velocidade, e só o branco dos olhos aparecendo.*
>
> *Quase chorei de tanto rir, ele estava tão engraçado que não resisti.*

Deus me perdoe, mas eu ri também. Mesmo enquanto tentava imaginar como Lou Ford deve ter parecido para um homem à beira da própria morte nas mãos de um maníaco — sabendo disso, eu ri. *Parecia* e soava engraçado.

Em *O Assassino em Mim*, Jim Thompson se propõe uma das tarefas mais difíceis que um escritor de ficção pode esperar realizar: criar primeiro um senso de catarse e depois empatia (mas não *simpatia*; nunca isso; este é estritamente um romance moral) para um lunático. A passagem acima é uma das maneiras mágicas pelas quais ele atinge essa finalidade. Em um livro repleto de dolorosas ironias, não ficamos realmente surpresos ao descobrir que o lema de Central City, a cidade do Texas onde ocorre todo esse caos, é "onde o aperto de mão é mais forte". É um lema que um sujeito como Lou Ford pode levar a sério. Especialmente quando são as mãos dele em volta do seu pescoço.

Ao escrever sobre as histórias de detetive *hardboiled* modernas, Raymond Chandler disse: "Nós tiramos o assassinato do salão e o devolvemos às pessoas que o fazem melhor". Thompson vai além disso em *O Assassino em Mim*; Lou Ford não é apenas o tipo de homem que "o faz melhor", mas o tipo de homem que não sabe fazer mais nada. Ele é o bicho-papão de toda uma civilização, um homem que mata, mata e mata, e cujos motivos, que pareciam tão persuasivos e racionais no momento, desaparecem como fumaça quando a matança termina, deixando-o — ou nós, se ele passa a ser do tipo que se mata e deixa a bagunça para trás sem nenhuma explicação — sem nenhum outro som além de um vento frio e psicótico soprando em suas orelhas.

A certa altura, Lou nos conta uma história que parece não ter relação com sua própria. É a história de um joalheiro com um bom negócio, uma linda esposa e dois filhos adoráveis. Em uma viagem de negócios, ele conhece uma garota, "uma verdadeira princesa", e faz dela sua amante. Ela é perfeita a seu modo, assim como a esposa: casada e disposta a deixar tudo como está. Então, a polícia encontra o joalheiro e sua amante mortos na cama de um quarto de motel. Um delegado vai à casa do joalheiro para contar à esposa e encontra ela e as duas crianças mortas. O joalheiro atirara em todos e depois se matou. O ponto da história é o julgamento que Lou Ford faz sobre o joalheiro, assustadoramente breve e direto ao ponto: "Ele tinha tudo e, por algum motivo, nada tinha ficado melhor".

Thompson, a propósito, escreveu um romance muito bom chamado *The Nothing Man*.

OK. Já chega. É hora de sair do seu caminho e deixar você experimentar esta incrível obra de arte por si mesmo. Eu explorei a história com mais profundidade do que costumo fazer ao escrever introduções como esta, mas apenas porque a história é forte o suficiente para que eu o faça sem estragar a sua experiência. Não existem introduções ou escritos post mortem o suficiente para prepará-lo para esta obra de ficção.

Então é hora de largar minha mão e entrar em Central City, a visão de inferno de Jim Thompson. Hora de conhecer Lou Ford, o Homem Nada com a consciência estrangulada e o coração estranhamente dividido. Hora de conhecer todos eles:

Nossa espécie. Todos nós. Todos nós, que começamos a partida com uma ideia errada das coisas, que desejamos muito e conseguimos pouco, que tínhamos tantas boas intenções e causamos tanto mal. Todos nós. Todos nós.

Amém, Jim. Amém pra caralho.
— Stephen King

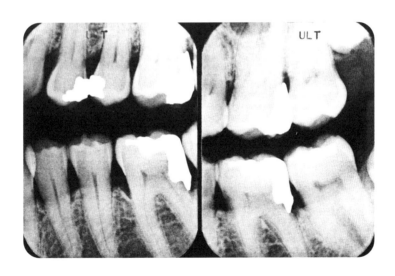

1

Tinha acabado com uma torta e ia para o segundo café quando vi o camarada. O carregamento da meia-noite chegou tinha uns minutinhos, e o sujeito espiava tudo o que acontecia ali, fora do restaurante, pela janela perto do depósito, cobrindo a vista com a mão pra que a luz não atrapalhasse. Ele entendeu que eu estava de olho e sumiu em meio às sombras. Mas eu sabia que ele ainda estava lá. Sabia que estava me esperando. Vagabundo sempre me acha uma presa fácil.

Acendi o charuto e me levantei da banqueta. A garçonete, uma lá de Dallas, me viu abotoar o casaco.

"Ei, moço, vai me dizer que você não tem uma arma?", falou, espantada, como se me dissesse algo que eu não sabia.

"Não", sorri. "Nada de revólver, de cassetete, de arma. Pra quê?"

"Mas você é policial, tipo, o assistente do xerife. E se algum malandro te meter bala?"

"Não tem muito malandro por aqui em Central City, dona. E outra: gente é gente, até quando tá na pior. Se você não atacar a pessoa, ela não te ataca também. Bom senso aplicado."

Ela sacudiu a cabeça, o olho arregalado de assombro, e eu caminhei até a entrada. O proprietário não quis que eu pagasse e ainda me deu dois charutos. Um agradinho por ter ajudado o filho dele.

"Agora, ele é um novo menino, Lou", comentou, meio que cortando as palavras, como todo estrangeiro. "Passa a noite em casa, vai bem na escola. E sempre fala de você, sempre diz como o subxerife Lou Ford é boa gente."

"Eu não fiz nada, só troquei uma ideia, mostrei interesse. Qualquer um faria o mesmo."

"Só o senhor. Porque o senhor é bom, e faz os outros serem bons também."

Ele estava pronto pra encerrar o assunto com o elogio, mas eu não. Apoiei o cotovelo no balcão, cruzei os pés e dei uma boa tragada no charuto. Eu gostava do camarada. Tá, tanto quanto consigo gostar de alguém, mas ele era muito interessante, seria uma pena não aproveitar a companhia. Educado, inteligente: caras assim são o meu combustível.

"Olha, deixa eu te contar", falei sem pressa. "Pra mim, nesta vida, você colhe o que planta."

"Uhum", resmungou, inquieto. "Acho que tem razão, Lou."

"Dia desses, pensei numas coisas, Max, e tive uma ideia do nada. Me veio do além, como um raio: o filho é o pai do homem. Só isso. O filho é o pai do homem."

O sorriso dele ficou amarelo. Dava pra ouvir o sapato raspando no chão enquanto ele se contorcia. Se tem coisa pior que um chato é um chato cafona. Mas como que você se livra de um sujeito tão amigável que te daria a própria camisa se você pedisse?

"Eu devia ter sido professor universitário ou coisa parecida", segui. "Resolvo problema até dormindo. Tipo aquele calorão que teve umas semanas atrás; muita gente acha que tá quente por causa do calor. Mas não é, Max. Não é o calor, é a umidade. Não sabia dessa, aposto."

Ele tirou um pigarro da garganta e resmungou que precisavam dele na cozinha ou coisa parecida. Fingi que não escutei.

"Outra sobre o clima, presta atenção: todo mundo fala e fala, mas ninguém faz nada. Talvez até seja melhor, sabe. Toda nuvem tem um lado positivo, pelo menos é o que eu acho. Se não chove, não tem arco-íris, né?"

"Lou..."

"Bom, acho que tá na hora de ir. Ainda tenho um tanto de assuntos pra resolver e quero fazer tudo sem pressa. É como sempre digo: a pressa é inimiga da perfeição. Tem que andar antes de correr."

Aí eu já estava torturando o cara, mas não conseguia me segurar. Agredir desse jeito é quase tão bom quanto do outro jeito, o de verdade. O jeito que eu fiz de tudo pra esquecer — e já tinha quase esquecido — até que conheci aquela mulher.

Pensava nela quando saí pela fria noite do Oeste texano e vi o vagabundo, que estava me esperando.

2

Central City foi fundada em 1870, mas só foi se consolidar como cidade faz uns dez, doze anos. A cidade foi um polo de exportação de muito gado e um pouquinho de algodão também; e Chester Conway, nascido aqui, fez a central da Construtora Conway na cidade. Mas não era mais que uma região grande no meio de uma estrada do Texas. Aí, irrompeu o petróleo e, da noite pro dia, a população pulou pra 48 mil habitantes.

Bom, a cidade foi projetada em um pequeno vale no meio de várias colinas. Não tinha espaço pra mais gente, então os recém-chegados espalharam suas casas e comércios pela região, que ocupam agora um terço do condado. Esse tipo de coisa não é nada incomum no país do petróleo — você encontra muita cidade tipo a nossa se vier pra essas bandas. Não tem força policial constituída, só um oficial ou outro. A delegacia é que cuida da cidade e do condado.

E a gente faz um belo trabalho, pelo menos no que se pensa sobre a nossa profissão. Mas volta e meia as coisas saem do controle e a gente precisa limpar a casa. Foi durante uma situação assim que conheci essa dona, tem uns três meses.

"O nome é Joyce Lakeland", disse o velho xerife, Bob Maples. "Mora a uns oito quilômetros pela Derrick Road, pouco depois da antiga fazenda Branch, num chalezinho até que razoável atrás de um arvoredo de carvalhos."

"Acho que conheço o lugar", respondi. "Ela é puta, Bob?"

"Até é, mas parece que é bem decente. Não tem feito estardalhaço e não atende nenhum vagabundo ou peão. Se não fossem esses religiosos da cidade pegando no meu pé, eu nem estaria pensando na existência dela."

Fiquei curioso pra saber se ele traçava a garota, mas resolvi não perguntar. Bob Maples não era nenhum gênio, mas era um cara certinho.

"Então, o que faço com essa tal Joyce Lakeland?", perguntei. "Mando dar um tempo ou falo pra se mandar daqui?"

"Olha", ele coçou a cabeça, carrancudo. "Não sei, Lou. Só... Vai até lá, conversa com ela e decide. Sei que você vai ser o cara educado de sempre. E sei que pode agir com firmeza se precisar. Então, vai lá e vê o que acha. Vai ter o meu apoio, aconteça o que acontecer."

Eram quase dez da manhã quando cheguei à casa dela. Estacionei no quintal e deixei o carro numa curva fechada, no jeito pra poder sair fácil. Não dava pra ver a placa do carro do condado, mas a intenção não era essa. Era como tinha que ser.

Entrei devagar pela varanda, bati na porta, dei um passo pra trás e tirei meu chapéu de cowboy Stetson.

Eu estava um pouco desconfortável. Mal sabia o que ia dizer. Porque, pode até me chamar de antiquado, mas nossa conduta não é, digamos, como a do pessoal do Leste ou do Centro-Oeste. Por aqui a gente diz "sim, senhora" e "não, senhora" pra qualquer coisa que use saias. Desde que seja branca, claro. Por aqui, se você flagra um homem de calças arriadas, você pede desculpas... mesmo se for levar o cara em cana em seguida. Por aqui, a gente age feito homem, feito homem e cavalheiro, é isso ou nada. E que Deus te ajude se não fizer isso.

Primeiro ela abriu a porta uns dois ou três centímetros. Depois, abriu por completo e ficou parada, olhando pra mim.

"Sim?", disse ela, fria.

A mulher usava um short de pijama e uma blusa de lã. O cabelo castanho estava despenteado feito rabo de ovelha, e o rosto sem maquiagem tinha aquelas marcas de quem acabou de acordar. Mas nada disso importava. Não importava se ela tivesse vindo se arrastando de um buraco cheio de lama vestida com um saco de juta. Esse era o nível da coisa.

Ela bocejou bem na minha cara e perguntou "Sim?" de novo, mas eu ainda não conseguia falar. Acho que fiquei de queixo caído feito um menino. Isso foi há três meses, não se esqueça, e não sentia a doença há quase quinze anos. Desde que eu tinha 14 anos.

Ela não passava de um metro e meio de altura e não pesava mais que 45 quilos, magricela no pescoço e nos tornozelos. Mas não tinha problema. O bom Deus soube muito bem colocar carne nas partes que *realmente* importavam.

"Ah, que coisa!", riu de repente. "Pode entrar. Não estou acostumada a fazer isso tão cedo, mas..."

Ela segurou a porta de tela aberta e fez sinal pra que eu entrasse. Entrei e ela fechou e trancou a porta.

"Me desculpe, dona, mas..."

"Tá tudo bem. Mas vou tomar um café primeiro. Pode ir pro quarto."

Atravessei o corredor minúsculo que dava no quarto e escutei com ansiedade enquanto ela colocava água pra ferver. Eu tinha agido feito um idiota. Ia ser difícil ter firmeza depois daquilo, mas algo me dizia que era o que eu devia fazer. Não sabia por quê; ainda não sei. Mas foi algo que percebi na hora. Ali estava uma garota que conseguia o que queria a qualquer preço.

Bem, quer saber, dane-se. Foi só uma impressão. Ela estava agindo como uma boa menina e tinha uma casinha aconchegante. Resolvi que a deixaria em paz, pelo menos por um tempo. Por que não? Então, olhei de relance o espelho da cômoda e entendi por que não. Percebi que não podia. A primeira gaveta da cômoda estava entreaberta e o espelho estava meio caído pra frente. Enfim, prostitutas são uma coisa, prostitutas armadas são outra.

Tirei a .32 automática da gaveta bem na hora em que ela entrou com uma bandeja de café. Ela me olhou com raiva e largou a bandeja na mesa com força.

"Mas o que você está fazendo com isso?", rosnou ela.

Abri a jaqueta e mostrei o distintivo.

"Sou da polícia, dona. O que *você* está fazendo com isso?"

Ela não respondeu. Apenas pegou a bolsa na cômoda, abriu e pegou a licença. O documento era de Fort Worth, e era legal. Esse tipo de coisa costuma ser honrada de uma cidade pra outra.

"Está satisfeito, seu guarda?"

"É, parece que está tudo em ordem, dona", respondi. "E meu nome é Ford, não seu guarda."

Sorri cheio de dentes, mas ela continuou séria. Meu palpite sobre ela foi certeiro. Ela estava prontinha pra cair na cama um minuto atrás, e provavelmente não teria feito a menor diferença se eu não tivesse um centavo no bolso. Agora, estava preparada pra algo bem diferente, e o fato de eu ser policial ou Jesus Cristo não teria a mínima importância.

Me perguntei como tinha conseguido se manter viva por tanto tempo.

"Que porra!", debochou ela. "O único cara com uma aparência decente nesse buraco, e ele é um escoteiro com um distintivo. Quanto? Eu não transo com policiais."

Senti o sangue subir.

"Dona... isso não é muito educado. Eu só quero conversar."

"Cretino imbecil", retrucou ela. "Eu perguntei o que você queria."

"Já que prefere que eu seja direto, eu digo: quero você fora de Central City até o pôr do sol. Se eu te pegar por aqui depois disso, vou te acusar de prostituição."

Coloquei o chapéu e comecei a andar até a porta. Ela pulou na minha frente, me impedindo de sair.

"Seu filho da puta. Seu..."

"Ah, isso não. Não me chame assim, dona."

"Chamei mesmo! E chamo de novo! Filho da puta, canalha, cafetão..."

Tentei empurrar ela pro lado. Precisava sair dali. Sabia no que ia dar se eu não saísse e sabia que isso não poderia acontecer. Eu poderia matar aquela mulher. A *doença* poderia voltar. E mesmo que eu não fizesse nada, e mesmo que a doença não voltasse, seria o fim. Ela falaria. Faria um escândalo na cidade. E as pessoas começariam a pensar, pensar e se lembrar do que havia acontecido quinze anos atrás.

Ela me deu um tapa tão forte que meus ouvidos zumbiram, primeiro de um lado, depois do outro. E continuou me batendo. Meu chapéu voou. Me abaixei pra pegar de volta e ela meteu o joelho no meu queixo.

Tropecei pra trás e caí de bunda no chão. Ouvi uma risada maligna, depois outra, meio que lamentando.

"Puxa, oficial, eu não queria... eu... você me deixou com tanta raiva que eu... eu..."

"Claro", sorri. Minha vista desembaçou e consegui falar. "Claro, dona, sei como é. Eu também ficava assim. Me ajude aqui, por favor."

"Vo-você não vai me machucar?"

"Eu? Puxa, claro que não, dona."

"Não vai", disse ela, soando meio desapontada. "Sei que não vai. Qualquer um vê que você é um cara tranquilo." Ela se aproximou devagar e estendeu as mãos.

Levantei. Segurei os pulsos dela apenas com uma das mãos e a puxei pra perto de mim. Ela quase levou um susto. Eu não queria que se assustasse de verdade. Apenas que entendesse o que estava prestes a acontecer.

"Não, querida", desprendi meus lábios dos dentes. "Não vou te machucar. Esse tipo de coisa nem passa pela minha cabeça. Só vou te surrar até você virar geleia."

Foi o que eu disse, e era o que eu queria dizer, e quase fiz de verdade.

Subi a blusa dela sobre o rosto e amarrei a ponta com um nó. Joguei ela na cama e arranquei o shortinho, que usei pra amarrar os pés.

Tirei meu cinto e ergui ele sobre minha cabeça...

Não sei quanto tempo demorou até eu parar, até eu recobrar os sentidos. Só sei que meu braço doía pra caramba, a bunda dela parecia um hematoma gigante, e eu estava assustado até os ossos — com todo o medo que um homem pode suportar e mesmo assim seguir adiante.

Soltei os braços e os pés dela e tirei a blusa da cabeça.

Umedeci uma toalha em água gelada e passei gentilmente sobre seu corpo. Coloquei o café entre os lábios, pra ela beber. Eu falava o tempo todo, implorava pra que ela me perdoasse, repetia que sentia muito.

Ajoelhei ao lado da cama, implorei por perdão. Por fim os olhos dela tremeram e se abriram.

"N-não", sussurrou ela.

"Eu nunca... Juro por Deus, dona, eu nunca..."

"Não precisa." Ela encostou os lábios nos meus. "Não precisa pedir desculpas."

Ela me beijou de novo. Começou a desfazer o nó da minha gravata, tirar minha camisa; começou a tirar minha roupa depois de eu quase esfolar ela viva.

Voltei no dia seguinte, e no seguinte. Voltei várias vezes. E foi como se um vento soprasse em uma chama quase morta. Passei a provocar as pessoas, tipo alfinetando mesmo. Um tipo de provocação que substituía algum outro comportamento. Comecei a pensar em acertar as contas com Chester Conway, da Construtora Conway.

Não posso dizer que já não tinha pensado nisso. Talvez eu tenha ficado em Central City todos esses anos só pela esperança de me vingar. Mas, se não fosse por ela, acho que nunca teria feito nada. Joyce reacendeu a velha chama. Até me mostrou como acertar as contas com Conway.

Ela não sabia de nada, mas deu uma ideia de como fazer. Foi certo dia, ou melhor, certa noite, umas seis semanas depois de nos conhecermos.

"Lou", disse ela. "Não dá pra continuar assim. Vamos cair fora desta cidadezinha de merda, só você e eu."

"Ficou maluca?", respondi. "Você acha mesmo que eu, que eu...", comecei a falar, mas consegui me conter.

"Pode falar, Lou. Quero ouvir da sua boca. Anda, pode falar... vocês, os Ford, são bons homens de família. Vai, fala logo 'olha, dona, os homens da família Ford nem sonhariam em morar com uma puta miserável, não foi assim que os Ford foram educados'."

Verdade, isso era parte do problema, uma parte importante. Mas não a principal. Eu sabia que ela piorava o meu estado, sabia que, se eu não parasse logo, não seria capaz de me conter. Eu acabaria preso ou na cadeira elétrica.

"Diga, Lou. Diga, porque eu também tenho umas coisas pra falar."

"Nem vem com ameaças, docinho", falei. "Não gosto de ameaças."

"Não é uma ameaça. É uma promessa. Você pensa que é bom demais pra mim. Eu vou... eu vou..."

"Vamos lá. Sua vez agora."

"Não é o que eu queria, Lou, querido, mas nunca vou te abandonar. Nunca, nunca. Nunca. Se você acha que é bom demais pra mim, posso fazer você parar de ser."

Nos beijamos, um beijo longo, intenso. Porque docinho não sabia, mas docinho estava morta e, de certa maneira, eu não poderia amá-la mais.

"Bom, docinho", falei, "você fez um escândalo por nada. Eu estava pensando no dinheiro."

"Eu tenho alguma grana. E posso conseguir mais. Muito mais."

"É?"

"Posso, Lou. Sei que posso. O cara é maluco por mim e burro como uma pedra. Aposto que, se o velho achar que vai casar comigo, ele..."

"Quem? De quem você tá falando, Joyce?"

"Elmer Conway. Sabe quem é, né? Filho do velho Chester."

"Sei. Conheço bem os Conway. Como pensa em passar a perna neles?"

Continuamos conversando, deitados na cama dela. E, noite adentro, uma voz parecia sussurrar pra eu largar aquilo tudo, *cai fora, Lou, ainda dá tempo de cair fora*. Eu tentei. Deus sabe que tentei. Mas, logo depois, logo depois de ouvir a voz, ela pegou a minha mão e pressionou contra os seios. Ela gemeu e se arrepiou... então eu fiquei.

"Bom...", falei, depois de um tempo, "Acho que a gente pode dar um jeito. E se o seu plano não der certo, é só tentar outra vez."

"Como assim, querido?"

"Em outras palavras, quando a gente realmente quer, a gente consegue."

Ela se contorceu e deu uma risadinha.

"Ai, Lou, seu safado cafona. Assim você me mata!"

* * *

A rua estava escura. Eu fiquei parado um pouco antes da porta da lanchonete, e o vagabundo me encarava. Era um sujeito jovem, mais ou menos da minha idade, e vestia umas roupas que pareciam ter sido bem maneiras muito tempo atrás.

"Opa, e aí, chefia?", disse ele. "Vou te contar, tomei um porre bonito e se eu não comer nada logo..."

"Quer algo pra forrar o estômago, amigo?", perguntei.

"É, qualquer coisa já ajuda, eu..."

Tirei o charuto da boca com uma das mãos e, com a outra, fingi pegar algo no bolso. Então, agarrei o sujeito pelo pulso e enfiei o charuto na palma da mão dele.

"Porra, chefia!", gritou ele e se afastou com um salto. "Por que tá fazendo isso?"

Ri e mostrei o distintivo.

"Cai fora."

"Claro, chefia, pode deixar", respondeu ele e se afastou. Não parecia assustado ou com raiva. Estava mais pra curioso. "Mas, se eu fosse você, abria o olho, chefia. Abre o olho."

Virou as costas e caminhou em direção à ferrovia.

Fiquei observando o cara se afastar e me senti meio enjoado e vacilante. Então entrei no carro e fui até o prédio do Sindicato dos Trabalhadores.

3

O Sindicato dos Trabalhadores de Central City ficava em uma ruazinha secundária, algumas quadras depois da praça do tribunal. Não era bem um prédio, mas uma velha construção de alvenaria de dois andares. O andar de baixo era alugado pra um salão de bilhar e os escritórios do sindicato e a sala de reuniões ficavam no segundo andar. Subi as escadas e percorri o corredor escuro até o fim, onde uma porta abria pros maiores e melhores escritórios do lugar. A placa no vidro dizia:

CENTRAL CITY, TEXAS
Prédio do Conselho do Comércio
Pres. Joseph Rothman

Rothman abriu a porta antes que eu tocasse na maçaneta.

"Vamos até os fundos", disse ele enquanto me cumprimentava com um aperto de mão. "Sei que é horrível pedir pra vir tão tarde, mas achei que seria melhor, já que você é um agente público e tal..."

"É", concordei.

Por mim, eu não encontraria com esse cara. Por aqui, a lei fica só de um lado da cerca, e eu já sabia do que ele queria falar.

Era um homem de uns 40 anos, baixo, atarracado, com uma cabeça grande demais pro corpo e olhos escuros e astutos. Estava fumando um charuto, mas colocou no cinzeiro assim que se sentou e começou a preparar um cigarro. Acendeu e soprou a fumaça pra apagar o fósforo, evitando olhar pra mim.

"Lou", disse o líder do sindicato meio ressabiado. "Preciso te contar uma história. É confidencial, então sabe como é. Mas primeiro queria que você me falasse uma coisa. Sei que é um assunto delicado pra você, mas... o que você sentia pelo Mike Dean, Lou?"

"Sentia? Acho que não entendi a pergunta, Joe", respondi.

"Era seu irmão adotivo, né? Seu pai adotou o moleque."

"Sim. Meu pai era médico, você sabe..."

"E dos bons, pelo que sei. Perdão, Lou. Prossiga."

Então, a dinâmica seria essa. Ataque e contra-ataque. Um analisaria o outro e cada um diria coisas que sabia muito bem que o outro já estava careca de saber. Rothman tinha algo importante pra dizer e ele ia fazer isso do jeito mais difícil — e cuidadoso. Bom, eu não me importava e entrei no jogo dele.

"Ele e os Dean eram velhos amigos. Quando morreram naquela grande epidemia de gripe, ele adotou o Mike. Minha mãe já tinha morrido. Quando eu ainda era bebê, na verdade. Meu pai pensou que seria bom que Mike e eu fizéssemos companhia um pro outro, e a governanta podia cuidar de dois tão bem quanto de um."

"Sei, sei. E isso fez você se sentir como, Lou? Quer dizer, você era filho único, o herdeiro, e o seu pai de repente pega e leva outro filho pra casa. Isso não incomodou você nem um pouquinho, não?"

Eu ri.

"Cacete, Joe, eu tinha 4 anos de idade, Mike tinha 6. Nessa idade, a gente não se preocupa muito com dinheiro e o pai não tinha grana nenhuma. Era coração mole demais pra rapar os pacientes."

"Então, você gostava do Mike?", perguntou como se não estivesse convencido.

"Gostar é pouco", respondi. "Ele era o melhor, o cara mais bacana do mundo. Acho que eu não amaria tanto um irmão de sangue."

"Mesmo depois do que ele fez?"

"Mas então me diz", pedi devagar, "o que foi que ele fez?"

Rothman arqueou as sobrancelhas.

"Eu gostava do Mike, Lou, mas vamos encarar os fatos. A cidade inteira sabe que, se ele fosse só um pouquinho mais velho, teria ido pra cadeira elétrica em vez do reformatório."

"Ninguém *sabe* nada. Ninguém tem provas."

"A garota identificou ele."

"Uma garota com menos de 3 anos de idade! Teria identificado qualquer um que mostrassem pra ela."

"E o Mike admitiu. E descobriram outros casos."

"O Mike estava assustado. Não sabia o que estava falando."

Rothman balançou a cabeça.

"Certo, esqueça, Lou, não é isso que me interessa agora. Só queria saber o que você pensa sobre o Mike... Você não sentiu nenhum constrangimento quando ele voltou pra Central City? Não teria sido melhor se ele tivesse ficado longe?"

"Não", respondi. "O pai e eu sabíamos que Mike era inocente. Quer dizer", hesitei, "a gente conhecia o Mike, a gente sabia que não tinha jeito de ele ser culpado." *Porque eu que era o culpado. Mike tinha levado a culpa por mim.* "Eu queria que o Mike voltasse. E o pai também." *Ele queria o Mike aqui pra ficar de olho em mim.* "Meu Deus, Joe, o pai mexeu os pauzinhos por meses pra conseguir aquele emprego pra ele de fiscal de obras. Não foi fácil, por mais influente e popular que meu pai fosse, todo mundo desconfiava do Mike."

"Tudo isso confere", assentiu Rothman. "Eu soube disso tudo. Mas preciso ter certeza. Não ficou meio aliviado quando o Mike morreu?"

"O choque quase matou meu pai. Ele nunca se recuperou. Quanto a mim, só posso dizer que queria ter morrido no lugar dele."

Rothman sorriu.

"Tá bom, Lou. Minha vez agora... Mike morreu há seis anos. Ele estava andando sobre uma viga no oitavo andar do prédio New Texas Apartments, um empreendimento da Construtora Conway, quando, pelo que se sabe, tropeçou em um rebite. Ele se impulsionou pra trás, pra cair dentro do prédio, sobre o deque. Mas o deque não estava pronto. Só tinha umas poucas tábuas espalhadas. Mike caiu direto no porão."

Acenei com a cabeça.

"E? O que quer dizer, Joe?"

"O que quero dizer?" Os olhos de Rothman incendiaram. "Você me pergunta o que quero dizer?"

"Como presidente do sindicato dos construtores, você sabe que os operários estão sob sua jurisdição, Joe. É obrigação deles, e sua, verificar a qualidade de todos os deques na construção de um prédio."

"Resolveu falar como advogado agora?", Rothman bateu na mesa. "Operários não têm muita chance por aqui. Conway não queria colocar o deque e eu não podia obrigar ele a nada."

"Você podia ter boicotado o prédio."

"Ah, bom", Rothman deu de ombros. "Acho que cometi um erro, Lou. Pensei que havia insinuado que..."

"Você entendeu o que eu disse", respondi. "E não sejamos hipócritas, Conway dá seus jeitos pra ganhar dinheiro. Você fez vista grossa pra fazer uma grana também. Não estou dizendo que a culpa é sua, mas acho que a culpa também não é dele. Esse tipo de coisa acontece."

"Bom", hesitou Rothman. "É uma postura meio curiosa a sua, Lou. Você me parece bastante neutro em relação a tudo isso. Mas, já que se sente assim, talvez eu deva..."

"Talvez *eu* deva", interrompi. "Deixa que eu falo, assim você não se sente mal. Tinha um cara lá em cima com o Mike, um cara que teoricamente colocava os rebites. Ele estava trabalhando fora do horário. Sozinho. Só que é preciso dois homens pra aplicar os rebites: um pra operar o rebitador e outro pra segurar a placa de metal. Você pode me dizer que ele não tinha o que fazer lá em cima, mas eu digo que você está errado. Talvez ele não estivesse colocando rebites. Talvez ele estivesse recolhendo ferramentas ou algo assim."

"Mas você não sabe da história toda, Lou! O cara..."

"Eu sei, sim. O cara era um operário sem experiência, tinha apenas uma licença provisória. Chegou à cidade de bolso vazio. Três dias depois da morte do Mike, saiu da cidade em um Chevy novinho, que pagou à vista, em dinheiro. É esquisito, mas também não prova nada. Ele pode ter conseguido a grana em apostas ou..."

"Mas essa ainda não é a história toda, Lou! Conway..."

"Vamos ver se não é", continuei. "A empresa do Conway fez a parte da construção e da arquitetura. E não tinha deixado espaço suficiente pras caldeiras. Pra colocá-las no prédio, ele precisou fazer algumas alterações, e sabia muito bem que Mike não ia aprovar. Era isso ou perder vários milhares de dólares."

"Prossiga, Lou."

"Mas ele assumiu a perda. Sentiu ódio até os ossos, mas assumiu feito homem."

Rothman deu uma risada rápida.

"Assumiu, é? Eu botei a mão na massa naquela obra também, e, e..."

"Bom", lancei um olhar enigmático. "Foi o que ele fez, não foi? Fora o que aconteceu com o Mike, seus funcionários não podiam fazer vista grossa pra uma situação tão perigosa. A responsabilidade é sua. Você pode ser processado. Pode ser condenado por conspiração criminosa. Você..."

"Lou." Rothman limpou a garganta. "Você está absolutamente certo, Lou. Sem dúvida, não arriscaríamos nosso pescoço por nenhuma quantia no mundo."

"Claro", lancei um sorriso estúpido. "Só não pensaram direito na jogada, Joe. Você tem se dado muito bem com o Conway, e agora ele decidiu deixar o sindicato e, é óbvio, você ficou meio puto com isso. Acho que, se você realmente acreditasse que houve um assassinato, não esperaria seis anos pra abrir a boca."

"Sim, claro, sem dúvida. É claro que não." Ele começou a enrolar outro cigarro. "Hã, e como sabe de tudo isso, Lou, pode me contar?"

"Bom, você sabe como é. Mike era minha família e ando de ouvidos atentos pela cidade. Sempre ouço as conversas das pessoas por aí."

"Ah, tá. Não sabia que tinha tanta fofoca. Na verdade, sempre achei que isso não acontecia por aqui. E já sentiu vontade de tomar alguma atitude?"

"Não tinha como", falei. "Era só fofoca. Conway é um magnata, o maior empresário de construção do oeste do Texas. Ele não se envolveria em assassinato, assim como vocês não conseguiriam ficar quietos se houvesse um."

Rothman lançou outro olhar afiado, baixou os olhos em direção à mesa e disse, quase sussurrando:

"Lou, sabe quantos dias do ano um operário trabalha? Sabe qual a expectativa de vida? Já viu algum operário de construção idoso? Já parou pra pensar que existem várias maneiras de morrer, mas só um jeito de estar morto?".

"Bem, não. Acho que não", respondi. "Acho que não sei o que quer dizer, Joe."

"Esqueça. Não é importante."

"Tô sabendo que não é uma vida fácil. Mas veja por esse lado, Joe. Nenhuma lei obriga uma pessoa a ter o mesmo tipo de trabalho a vida toda. Se não gosta, pode fazer alguma outra coisa."

"É", assentiu, "podem, sim, não é? É engraçado como, às vezes, precisamos de alguém de fora pra analisar um problema... Se não gosta, que faça outra coisa. Nada mal, nada mal mesmo."

"Ah, eu não disse nada tão incrível assim."

"Discordo. Foi muito esclarecedor. Você me surpreende, Lou. Vejo você pela cidade há anos e nunca me pareceu do tipo intelectual... Qual sua análise sobre nossos problemas maiores, como a situação dos negros, por exemplo?"

"Bem, isso é simples", respondi. "É só mandar todos de volta pra África."

"Ah, tá. Entendo, entendo", comentou ao se levantar e erguer a mão. "Peço desculpas, incomodei você por nada, Lou, mas gostei muito de conversar. Espero que possamos fazer isso de novo algum dia."

"Seria ótimo."

"Até lá, essa conversa não aconteceu. Certo?"

"Ah, mas é claro que não."

Falamos por mais uns dois minutos, depois caminhamos até a porta. Joe lançou um olhar fixo em direção à ela, depois olhou pra mim.

"Péra aí", disse ele. "Eu não tinha fechado essa porta?"

"Acho que tinha, sim."

"Não está danificada, então acho que está tudo bem. Posso fazer uma sugestão, Lou? Sobre algo que seria muito bom pra você?"

"Ora, mas é claro, Joe. O que é?"

"Me poupe dessas merdas que você fala por aí."

Ele acenou e sorriu. Por um momento, teria sido quase possível ouvir um alfinete cair ao chão. Mas ele não ia dizer nada. Não ia nem começar a dizer. Então, por fim, comecei a sorrir também.

"Não sei por que isso, Lou, não sei de nada, entende? De nada mesmo. Mas abra o olho. Você finge bem, mas cuidado pra não exagerar", alertou.

"Você que pediu por isso, Joe."

"E agora você sabe por quê. E olha que não sou dos mais espertos, ou não faria parte do sindicato."

"É. Entendo o que quer dizer."

Nos despedimos com um aperto de mãos e Joe inclinou a cabeça meio de lado e lançou uma piscadela.

Caminhei de volta pelo corredor escuro e desci as escadas.

Pensei em vender a casa depois que o pai morreu. Recebi várias propostas boas, já que ela ficava nos limites do distrito comercial, no centro da cidade. Mas, por algum motivo, não conseguia me separar dela. Os impostos eram bem altos e tinha muito mais quartos do que eu precisava, mas simplesmente não conseguia vender. Algo me dizia pra manter a casa, pra esperar.

Fui dirigindo pela rua que dá na entrada da casa. Estacionei e apaguei os faróis. A garagem já tinha sido um celeiro — pra todos os efeitos ainda era. Fiquei ali sentado dentro do carro, inalando o cheiro mofado de aveia velha, feno e palha, e viajei pro passado. Nossos pôneis ficavam nas duas baias da frente e na baia de trás montamos nosso esconderijo de foras da lei. Penduramos balanços e barras de exercícios nas vigas e fizemos uma piscina no cocho dos cavalos. E, em cima, no sótão, onde hoje há ratos espalhados por todo canto, Mike me flagrou com uma garoti...

Um rato chiou de repente, em um tom agudo.

Saí do carro e me apressei a atravessar a porta corrediça do celeiro, que dá pro quintal. Às vezes, penso que é por isso que não saio da casa: pra me punir.

Entrei pela porta dos fundos e atravessei a casa até a porta da frente acendendo todas as luzes, quer dizer, as luzes do andar de baixo. Então, voltei pra cozinha, fiz café e levei o bule até o antigo escritório do pai. Me joguei na velha poltrona de couro, e fiquei lá, tomando uns goles de café e fumando. Aos poucos, a tensão foi se desfazendo.

Sempre me sinto melhor quando estou nesse escritório, desde que eu era pequeno. Era como sair das sombras em direção ao sol, sair da tempestade e chegar à calmaria. Era como estar perdido e ser encontrado.

Me levantei e caminhei pelas estantes e pelas infindáveis pilhas de livros de literatura psiquiátrica, os volumes colossais de psicologia mórbida... Krafft-Ebing, Jung, Freud, Bleuler, Adolf Meyer, Kretschmer, Kraepelin... Todas as respostas estavam ali, expostas, e era possível olhar diretamente pra elas. E ninguém se sentia aterrorizado ou horrorizado. Saí do lugar de onde me escondia — onde sempre precisava me esconder — e comecei a respirar.

Peguei um volume encadernado de um dos jornais alemães e li um trecho. Coloquei de volta na prateleira e peguei um francês. Folheei um artigo em espanhol e outro em italiano. Não sabia nenhuma palavra de nenhum desses idiomas, mas entendia tudo. Aprendi com a ajuda do pai, assim como aprendi matemática avançada, química, física e vários outros temas.

O pai queria que eu fosse médico, mas temia que eu passasse tempo demais fora, então se esforçou pra me educar em casa. Ele sabia o que eu tinha na cabeça, e ficava muito irritado quando me via falar e agir como qualquer outro caipira desta cidade. Mas, com o tempo, quando ele percebeu que *a doença* era mesmo séria, até me encorajou a agir assim. Era o que eu seria. Eu teria que conviver com essas pessoas, me dar bem com elas. Jamais teria nada além de um emprego medíocre, seguro, e pra isso precisava ser como um deles. Se o pai tivesse arranjado alguma outra coisa que pagasse as contas, talvez eu não tivesse me tornado o subxerife que sou hoje.

Fiquei ali na mesa do pai e, por diversão, resolvi alguns problemas de cálculo. Quando me levantei, vi meu reflexo na porta espelhada do laboratório.

Ainda estava usando meu Stetson, empurrado pra trás da cabeça. Vestia uma camisa rosada, uma gravata-borboleta preta e as calças do meu terno de sarja tão pra cima na cintura, que a bainha mal cobria o cano das botas Justin. Magro, tenso, uma boca que parecia pronta pra falar arrastado. O típico agente da lei do Oeste, esse era eu. Talvez com uma aparência mais amigável que a maioria. Talvez mais arrumadinho. Porém, no geral, parecido com todos os outros.

Eu era assim e não seria possível mudar. Mesmo se fosse seguro, acredito que não conseguiria mais mudar. Eu já fingia há tanto tempo que mudar já não era mais necessário.

"Lou..."

Levantei e me virei.

"Amy!", engasguei. "Mas o que... Não era pra você estar aqui! Onde..."

"Lá em cima, te esperando. Não fica agitado, Lou. Saí de casa depois que meus pais foram pra cama, você sabe como eles são."

"Mas alguém pode..."

"Ninguém me viu. Vim pelo beco. Não está feliz?"

Não estava, embora devesse. Ela não tinha o corpo da Joyce, mas era muito melhor que qualquer outra coisa dos arredores de Central City. Quando não fazia uma cara estranha projetando o queixo pra frente e apertando as pálpebras, como se lançasse um desafio, era uma garota bem bonita.

"Mas é claro", disse eu. "Claro que fiquei feliz. Vamos lá pra cima?"

Fui atrás dela enquanto subia as escadas até meu quarto. Ela tirou os sapatos, jogou o casaco na cadeira, junto das outras roupas, e se deitou de costas na cama.

"Caramba, hein?", disse ela, após um momento, e o queixo começou a se projetar. "Quanto entusiasmo!"

"Ah", falei, sacundindo a cabeça. "Desculpe, Amy. Tô com a cabeça em outra coisa."

"O-outra coisa?", a voz dela estremeceu. "Eu chego querendo me entregar, tiro a roupa, tiro toda a decência e você fica parado com *outra coisa* na cabeeeça?"

"Ah, qual é, benzinho. Eu não estava esperando que você viesse, só isso, e..."

"Não! E por que esperaria, né? Você só me evita, sempre cheio de desculpas pra não me ver. Se eu tivesse um pingo de orgulho, eu, eu..."

Ela enterrou a cara no travesseiro e começou a chorar, o que me colocou numa posição privilegiada pra ver o segundo melhor rabo do oeste do Texas. Eu tinha quase certeza de que ela estava fingindo; a Joyce me deu várias dicas sobre o comportamento das mulheres. Mas não ousei dar a surra que ela merecia. No lugar disso, tirei as minhas roupas e fui me deitar com ela, e me ajeitei de um jeito que ela olhasse na minha cara.

"Pare com isso, benzinho", pedi. "Você sabe que ando ocupado feito abelha em piquenique."

"Não! Não é nada disso! Você não quer ficar comigo, essa é a verdade!"

"Por que está dizendo uma loucura dessa, benzinho? Por que eu não ia querer?"

"P-porque não. Ah, Lou, querido, estou tão triste..."

"Caramba, Amy, olha só quanta besteira você tá falando."

Ela continuou resmungando sobre como andava se sentindo triste, e eu fiquei lá abraçando e ouvindo — ouvir é o que mais faço quando estou com a Amy — enquanto me perguntava como tudo isso tinha começado.

Pra falar a verdade, acho que não tinha começado em lugar nenhum. Apenas nos aproximamos, como dois ímãs. Nossas famílias cresceram juntas, e nós crescemos juntos, bem aqui nesta quadra. Íamos e voltávamos juntos da escola e, quando havia alguma festa, íamos como casal. Não precisamos fazer nada, tudo já estava pronto pra nós.

Acho que metade da cidade, inclusive os pais dela, sabiam que ficávamos de namorico por aí. Mas ninguém nunca disse nada. Afinal, algum dia nos casaríamos... Mesmo que fosse no nosso tempo.

"Lou", ela me sacudiu. "Você não tá ouvindo!"

"Mas claro que estou, benzinho."

"Então, responda."

"Agora não. Estou preocupado com outros assuntos."

"Mas... *querido*..."

Achei que ela estava resmungando e reclamando sobre nada, como sempre, e que tinha esquecido o que tinha perguntado. Mas não foi o que aconteceu. Assim que parou de chorar e peguei um cigarro pra ela — aproveitei e peguei um pra mim —, Amy lançou mais um de seus olhares, e mais um "Então, Lou?".

"Não sei o que dizer", respondi, o que era a mais pura verdade.

"Você quer casar comigo, não quer?"

"Cas..., mas é claro."

"Acho que já esperamos tempo demais, Lou. Posso continuar a dar aulas na escola. Vamos ter mais grana do que a maioria dos casais."

"Mas... nunca passaria disso, Amy. Jamais chegaríamos a lugar algum!"

"Como assim?"

"Não quero ficar na polícia a vida inteira. Eu quero... Quero fazer algo importante nessa vida."

"Como o quê, por exemplo?"

"Ah, sei lá. Não adianta conversar sobre isso."

"Ser médico, talvez? Acho que seria maravilhoso. É nisso que você tá pensando, Lou?"

"Sei que é loucura, Amy. Mas..."

Ela riu. Deixou a cabeça cair sobre o travesseiro e riu.

"Ah, Lou! Nunca ouvi nada igual! Você tem 29 anos de idade e mal consegue falar direito e... e... oh, rárárárárárá..."

Ela riu até se engasgar, e meu cigarro queimou entre meus dedos até a ponta, o que só descobri quando senti o cheiro de carne queimada.

"S-sinto muito, querido. Não quis ferir seus sentimentos, mas... você estava me provocando? Estava brincando com sua pequena Amy?"

"Você me conhece: Lou, o grande palhação."

Meu tom de voz fez ela ficar quieta. Ela se afastou de mim, deitou de costas e puxou o lençol com os dedos. Levantei, encontrei um charuto e voltei a sentar na cama.

"Você não quer casar comigo, quer, Lou?"

"Não, não acho que devíamos nos casar agora."

"Não quer casar nunca."

"Não foi o que eu disse."

Ela ficou em silêncio por vários minutos, mas seu rosto falou por ela. Vi seus olhos se apertarem e um sorrisinho maligno, e soube o que ela estava pensando. Sabia o que ela ia dizer, quase palavra por palavra.

"Acho que vai ter que casar comigo, Lou. Vai *ter* que casar, entendeu?"

"Não. Não vou, não. Você não está grávida, Amy. Nunca ficou com mais ninguém, e eu não te engravidei."

"Acha que eu tô mentindo?"

"Acho, sim. Não tem como você estar grávida de mim, nem que eu quisesse. Sou estéril."

"*Você?*"

"Estéril não significa impotente. Fiz vasectomia."

"Então por que sempre foi tão... por que usa...?"

Dei de ombros.

"Me poupava ter que ficar explicando, sabe? Enfim, voltando ao assunto, você não está grávida."

"Eu não entendo", disse ela, franzindo a testa. Foi flagrada mentindo e não se incomodou nada. "Seu pai operou você? Por que, Lou?"

"Ah, eu não estava bem na época, andava meio nervoso, e ele pensou que..."

"Ora, como assim? Nunca vi você ficar nervoso..."

"Mas ele achou que eu estava."

"Ele *achou*! Mas que coisa terrível ele fez... Impediu você de ter filhos só porque ele *achou* algo estranho?! Deus, que terrível! Que nojo!... Quando isso aconteceu, Lou?"

"Isso importa?", perguntei. "Não lembro. Já faz tempo."

Eu devia ter ficado quieto sobre esse negócio de ela não estar grávida. Agora eu não podia voltar atrás. Ela sabia que eu estava mentindo e ficaria ainda mais desconfiada.

Sorri e passei os dedos sobre a planície curvada de sua barriga. Apertei um dos seios e continuei movendo a mão até parar na garganta.

"Qual o problema?", perguntei. "Por que resolveu encrespar esse rostinho lindo?"

Amy não disse nada. Não devolveu o sorriso. Apenas ficou deitada enquanto me olhava e me analisava nos mínimos detalhes, e começou a parecer mais intrigada de um jeito e menos de outro. A resposta tentava se manifestar, mas não conseguia — não completamente. Eu impedia. Não era capaz de desfazer a imagem do Lou Ford gentil, amigável e carinhoso que ela mesma tinha.

"Acho", falou com calma, "que é melhor eu ir pra casa."

"É, acho que é melhor", concordei. "Já vai amanhecer."

"Posso ver você amanhã? Quer dizer, hoje."

"Amanhã é sábado, e sábado é um dia complicado. Acho que podemos ir à igreja juntos domingo, ou talvez jantar, mas..."

"Mas vai estar ocupado domingo à noite."

"Vou mesmo, benzinho. Prometi fazer um favor pra um amigo e não tenho como fugir disso."

"Entendo. Você não consegue me incluir nos seus planos, não é? Nunca! Tudo bem, não me importo."

"Não vou demorar no domingo, benzinho. Talvez volte umas onze. Por que não vem pra cá e me espera como hoje? Vou contar cada segundo pra ver você."

Os olhos dela incendiaram, mas não cedeu à enxurrada de sermões que talvez estivesse com vontade de fazer. Sinalizou pra que eu saísse de sua frente, levantou e se vestiu.

"Fico muito triste com isso, benzinho", comentei.

"Fica?"

Ela passou o vestido sobre a cabeça, puxou o tecido com as mãos pra ajeitar ao redor da cintura e abotoou o colarinho. Equilibrou-se em um pé só, colocou o sapato e fez o mesmo com o outro pé. Levantei, peguei o casaco dela e envolvi seus ombros com ele. Amy se aninhou em meus braços e olhou pra mim.

"Tudo bem, Lou", disse, animada. "Não vamos mais tocar nesse assunto hoje. Mas domingo vamos ter uma longa conversa. Você vai me contar por que tem agido desse jeito nos últimos meses, e nada de mentir ou ser evasivo. Entendeu?"

"Sim, senhora Stanton. Entendido."

"Pois bem", assentiu, "está combinado. Agora é melhor se vestir ou voltar pra cama antes que pegue um resfriado."

5

Sábado foi mesmo um dia cheio. Era semana de pagamento, então vários bêbados vagavam pela cidade, e, por aqui, bêbados significam brigas. Nós, subxerifes, mais dois guardas e o xerife Maples mal tivemos tempo pra respirar tentando manter tudo sob controle.

Não costumo ter problemas com bêbados. O pai me ensinou que são emotivos feito margaridas e extremamente irritadiços, mas são as pessoas mais dóceis do mundo, desde que você não force a barra ou os assuste. Nunca grite com um bêbado, dizia ele, porque ele já gritou com ele mesmo até chegar ao limite. E nunca aponte uma arma ou agrida um bêbado, porque o cara provavelmente vai pensar que corre risco de vida e tentar se defender.

Então, só andei pela cidade, gentil e amigável, sempre que possível levando os bebuns pra casa e não em cana, e ninguém, contando comigo mesmo, saiu ferido. Mas demorou. Do meio-dia, hora que comecei, até as onze da noite, não parei nem pra uma xícara de café. Então, à meia-noite, bem quando encerrei meu turno, recebi mais uma daquelas missões especiais que o xerife Maples tanto gostava de me delegar.

Um mexicano que trabalha no oleoduto ficou chapado de marijuana e matou outro mexicano a facadas. Os rapazes precisaram bater bastante no doidão pra conseguirem levar o cara em cana, pois parece que a maconha fez dele um selvagem sem controle. Ele foi colocado em uma das celas "particulares", mas estava tão agitado que seria capaz de destruir a cela ou morrer enquanto quebrava tudo.

"Não dá pra cuidar desse mexicano maluco do jeito que a gente gostaria", resmungou o xerife Bob. "Não em um caso de assassinato. Aposto meu braço direito que já temos aqui um caso prontinho pra algum advogado charlatão sair gritando 'sem intenção de matar' por aí."

"Vou ver o que posso fazer", falei.

Desci até a cela e fiquei três horas lá, e me ocupei cada minuto. Quando entrei, mal tinha fechado a porta e o sujeito pulou pra cima de mim. Agarrei os braços dele e segurei; deixei que gritasse e se balançasse. Então, soltei e ele pulou em mim outra vez. Detive o homem e soltei de novo. Não sei quantas vezes fiz isso.

Não dei nem um soco ou chute. Não deixei que se agitasse a ponto de se machucar. Apenas deixei que se cansasse, aos poucos, e, quando ele sossegou o suficiente pra me ouvir, comecei a falar. Praticamente todo mundo por aqui arranha um pouco de mexicano, mas o meu é melhor do que o da maioria. Falei e falei, deixei que ele relaxasse; e todo o tempo fiquei prestando atenção no meu comportamento.

A essa altura, o mexicano estava indefeso feito um bebê. Todo feliz e maluco. Já tinha apanhado tanto que um pouco a mais não faria diferença. Me arrisquei mais com o que fiz com aquele vagabundo que pediu dinheiro. O vagabundo poderia ter causado problemas. Esse mexicano, sozinho na cela comigo, não.

Ainda assim, não quebrei um dedo dele sequer. Nunca machuquei um prisioneiro, nem ninguém que eu pudesse ferir com segurança. Nunca senti vontade. Talvez tivesse orgulho demais da minha reputação pra arriscar usar força além da conta. Ou talvez entendesse, inconscientemente, que os prisioneiros e eu estivéssemos do mesmo lado. Mas, seja qual fosse o motivo, jamais machuquei um prisioneiro. Não queria, e em breve não sentiria vontade de machucar mais ninguém. Assim que eu me livrasse dela, tudo estaria resolvido pra sempre.

Depois de três horas, como eu disse, o mexicano estava disposto a colaborar. Devolvi as roupas do sujeito, consegui um cobertor pra cama e deixei que fumasse um cigarro enquanto dava um jeito nas coisas pra ele se deitar. O xerife Maples apareceu quando saí e acenou com a cabeça, curioso.

"Não entendo como consegue, Lou", comentou. "Deus sabe que não faço ideia de onde tira tanta paciência."

"É só manter o sorriso. Esse é o segredo."

"É? Como assim?", indagou devagar.

"É só isso. O homem com um sorriso no rosto é o que ganha a briga." Ele me olhou de um jeito engraçado; ri e dei um tapa nas costas dele. "Tô brincando, né, Bob."

Que diabos? Não dá pra mudar de hábito da noite pro dia. E que mal tinha uma piadinha despretensiosa?

O xerife me desejou um bom domingo e fui pra casa. Preparei um belo prato de presunto com ovos e batata frita e levei até o escritório do papai. Comi me sentindo em paz comigo mesmo, de um jeito que há muito não sentia.

Tinha tomado uma decisão. Mesmo que o céu caísse, eu não ia casar com Amy Stanton. Evitava tocar no assunto, mas sentia que não tinha o direito de casar com ela. Então, decidi que não casaria e pronto. Se eu tivesse que casar com alguém, não seria com uma garota mandona, com uma língua que parecia arame farpado, e de mente pequena.

Levei os pratos até a cozinha, lavei a louça e tomei um banho demorado. Depois, deitei e dormi feito um bebê até as dez da manhã do dia seguinte. Enquanto tomava café da manhã, ouvi o ruído do cascalho na frente da casa. Olhei pela janela e vi o Cadillac de Chester Conway.

Ele entrou sem bater na porta — as pessoas pegaram esse hábito na época em que o pai ainda trabalhava — e foi até a cozinha.

"Não precisa levantar, garoto, pode ficar sentado", disse ele, apesar de eu não ter mexido um dedo. "Pode continuar com seu café da manhã."

"Obrigado", respondi.

Ele se sentou e inclinou a cabeça pra fuçar o que eu tinha no prato.

"O café tá novinho? Quero um pouco. Coloca numa xícara aí pra mim."

"Sim, senhor", concordei, numa fala arrastada. "É pra já, sr. Conway."

Ele não estranhou. Era assim que ele pensava que devia ser tratado por todo mundo. Deu um gole barulhento no café, depois outro. No terceiro gole, esvaziou a xícara. Ele disse que não queria mais, apesar de eu não ter oferecido, e acendeu um charuto. Jogou o fósforo no chão, soltou a fumaça e bateu as cinzas na xícara.

Texanos do oeste costumam ser bastante prepotentes, mas não passam por cima de um homem que se posiciona; sabem respeitar os direitos dos outros caras. Chester Conway era uma exceção.

Conway foi tipo um *chefão* da cidade antes do estouro do petróleo. Ele sempre lidou com as situações segundo uma lei própria. Passou tantos anos sem oposição que, a essa altura, mal reconhecia um obstáculo quando encontrava um. Acho que eu poderia soltar milhares de xingamentos contra ele dentro da igreja e ele não moveria uma pálpebra. Acho que pensaria que as ofensas fossem pra outra pessoa.

"Então", disse ele, e espalhou as cinzas sobre a mesa. "Tudo pronto pra hoje à noite, certo? Sem riscos? Você vai direcionar a coisa toda pro lado certo, pra merda não voltar?"

"Não vou fazer nada", respondi. "Já fiz tudo que tinha pra fazer."

"Acho que não é o caso de deixar as coisas como estão, Lou. Lembra quando eu disse que não gostava da ideia? Ainda não gosto. Não dá pra saber o que vai acontecer se o maluco do Elmer encontrar a garota de novo. Pega a grana, moleque. Já tô com ela na mão, dez mil em notas pequenas, e..."

"Não", respondi.

"...dá a grana pra ela. Depois dá uma surra de leve e manda ela embora daqui."

"Sr. Cownay."

"É assim que tem que ser", a papada sacudiu com a risada. "Grana, surra e rua... Você ia dizer algo mais?"

Repeti tudo, bem devagar, uma palavra de cada vez. A srta. Lakeland insistiu em ver Elmer mais uma vez antes de ir embora. Ela insistiu que ele levasse o dinheiro, e não queria nenhuma testemunha junto. Essas eram as condições, e, se Conway queria que ela fosse embora sem fazer escândalo, teria de aceitar. Claro que a gente poderia trancafiar a moça numa cela, mas, cedo ou tarde, ela abriria o bico e a coisa ia feder.

Conway assentiu, irritado.

"Entendo tudo isso. Ela pode sujar nosso nome. Mas não entendo..."

"Vou explicar o que você não entende, sr. Cownay. Não existe ninguém como essa garota."

"Hã?", resmungou, deixando o queixo caído. "Como é?"

"Desculpa", falei. "Para e pensa um pouco. E se as pessoas ficam sabendo que um agente da lei tá envolvido nessa chantagem, quer dizer, se ela aceitar pegar a grana das minhas mãos? Como acha que me sinto, envolvido nesse tipo de jogo sujo? Elmer se meteu nessa confusão e veio falar comigo..."

"A única coisa inteligente que ele já fez."

"... e eu falei com o senhor. E o senhor me perguntou como daria pra fazer a garota sair da cidade sem causar escândalo. Eu respondi. É só isso que vou fazer. Não entendo como pode me pedir pra fazer qualquer coisa mais."

"Bom, hã", ele limpou a garganta, "talvez eu não possa, rapaz. Acho que tem razão. Mas você pode ficar de olho pra saber se ela foi embora da cidade assim que receber a grana."

"Isso eu posso fazer. Se ela não sair da cidade uma hora depois de colocar a mão na grana, eu mesmo coloco ela pra fora."

Cownay se levantou. Estava inquieto. Fui com ele até a porta pra me livrar logo. Não aguentava mais a presença daquele cara. Já seria insuportável mesmo se eu não soubesse o que ele tinha feito com o Mike.

Grudei as mãos nos bolsos e fingi que não vi quando ele tentou me cumprimentar. Ele abriu a tela e hesitou por um momento.

"É melhor você não sair de casa", sugeriu. "Vou mandar o Elmer pra cá assim que encontrar com ele. Quero que converse com o sujeito, pra ver se ele entendeu tudo direitinho. Explica o que acontece se ele vacilar."

"Sim, senhor", respondi. "Bondade sua me deixar falar com ele."

"Tudo bem. Sem problemas", disse Cownay, e a tela fechou assim que ele saiu.

* * *

Elmer apareceu algumas horas depois.

Enorme e flácido, igual ao pai, e tentava ser igualmente arrogante, mas não tinha os mesmos colhões. Ele já havia apanhado algumas vezes de uns elementos aqui de Central City, coisa que fez um bem danado ao sujeito. A cara toda manchada brilhava de suor; seu bafo entregava o quanto havia bebido.

"Começou cedo hoje, hein?", observei.

"Algum problema?"

"Nenhum", respondi. "Tentei fazer um favor pra você. Se pisar na bola, é no teu rabo que vai entrar."

Ele resmungou e cruzou as pernas.

"Não sei, não, Lou", disse, franzindo a testa. "Não sei se é uma boa ideia. E se o velho não sossegar? O que eu e a Joyce vamos fazer quando os dez mil acabarem?"

"Escuta, Elmer. Acho que tem algum mal-entendido aqui. Pensei que você tinha certeza que o seu pai ia aceitar as condições. Se não é o caso, talvez seja melhor eu avisar a srta. Lakeland e..."

"Não, Lou! Não faz isso! Logo, logo ele esquece do assunto. Ele sempre deixa pra lá tudo o que eu faço. Mas..."

"Vou dar uma sugestão", falei. "Não deixa a grana acabar. Abre algum negócio, algo que você e a Joyce possam tocar juntos. Então, quando começar a render, você entra em contato com o seu velho. Ele vai ver que você fez uma jogada pra lá de esperta e não vai ter problema nenhum em acertar os ponteiros."

Elmer ficou até meio animadinho — e irritado. Trabalhar não era a solução dele pra nenhum tipo de problema.

"Mas não quero te convencer de nada", prossegui. "Acho que julgaram muito mal a srta. Lakeland. Ela me convenceu, e olha que não sou fácil de convencer. Arrisquei meu pescoço pra vocês terem uma chance, mas se não quer fazer..."

"Por que tá fazendo isso, Lou? Por que tá fazendo isso por ela e por mim?"

"Por grana, talvez", sugeri com um sorriso. "Não ganho muito. Pensei que talvez você pudesse fazer algo por mim, sabe, alguma ajuda financeira..."

A cara dele ficou ainda mais vermelha.

"Bem... acho que posso te dar uma parte dos dez mil..."

"Deixa disso... não, eu não aceitaria nem um centavo!" *Pode apostar que não aceitaria.* "Na minha cabeça um cara como você deve ter sua própria grana. Pra comprar cigarro, gasolina e uísque? Ou seu pai compra essas coisas pra você?"

"O cacete!", ele se ajeitou na cadeira e puxou um maço de notas. "Tenho grana de sobra."

Ele tirou algumas notas do bolso — nada de mais, pareciam notas de vinte – e então olhou nos meus olhos. Sorri. E o sorriso revelou pra ele, sem sombra de dúvidas, que eu sabia que ele ia dar uma de pão-duro.

"Merda", reclamou, amassando o rolo inteiro e jogando na minha direção. "Vejo você hoje à noite", falou, enquanto já se levantava.

"Às dez", confirmei.

O maço tinha vinte e cinto notas de vinte. Quinhentos dólares. Agora que estava na minha mão, era grana bem-vinda; dinheiro extra é sempre bom. Mas eu não tinha planejado pegar a grana do cara. Só tinha feito aquilo pra ele não ficar perguntando quais eram os meus motivos pra ajudar.

Não tinha vontade de cozinhar, então comi num restaurante da cidade. Ouvi rádio enquanto dirigia de volta pra casa, li o jornal de domingo e fui dormir.

É, talvez eu estivesse encarando a situação com calma demais, mas já tinha ensaiado as coisas na minha cabeça tantas vezes, que já estava tudo certo pra mim. Joyce e Elmer iam morrer. Joyce tinha pedido por isso. Os Conway tinham pedido por isso. Eu não seria mais sangue-frio do que a garota que tinha me feito passar pelo inferno pra conseguir o que queria. Não seria mais sangue-frio do que o sujeito que tinha empurrado Mike de uma altura de oito andares.

Claro que não foi *o Elmer* propriamente dito que empurrou meu irmão; ele nem devia saber de nada desse assunto. Mas eu precisava dele pra chegar no velho. Era a única maneira, e era como devia ser. Eu faria com ele o que ele fez com meu pai.

...Acordei às oito horas — eram as oito da noite mais escuras e sem lua que já tinha visto, bem como eu esperava. Bebi uma xícara de café, dirigi devagar pela ruela e fui pra Derrick Road.

Aqui, na terra do petróleo, lugares como a velha Casa Branch são comuns. Houve um tempo em que tinha ranchos e fazendas por toda parte. Porém, os poços perfurados chegaram até bem perto da entrada das casas, e tudo virou uma tremenda bagunça de petróleo, água de enxofre e lama vermelha. A grama, coberta de piche, morre. Os riachos e nascentes desaparecem. E aí o petróleo acaba e as casas ficam pretas e abandonadas, perdidas e solitárias, entre girassóis e sálvias infestados de pragas e capim.

A Casa Branch ficava a uns trinta metros da Derrick Road, ao final de uma estrada com tanto mato que quase não dava pra ver a construção. Entrei no beco, desliguei o motor depois de alguns metros e desci do carro.

De início, não consegui ver nada; estava muito escuro. Mas aos poucos meus olhos se adaptaram. Enxerguei tudo o que precisava enxergar. Abri o porta-malas e peguei as ferramentas de trocar pneu. Tirei um prego enferrujado do bolso e meti no pneu traseiro. Ouvi um *puf!* e um *sssssshhhhh!* — o amortecedor emitiu um chiado e gemeu até o carro se assentar.

Ergui o carro uns trinta centímetros com o macaco. Sacudi o carro até o equipamento cair no chão. Deixei assim e caminhei pela estrada.

Levei uns cinco minutos pra chegar à casa e arranquei uma das tábuas da varanda. Encostei na coluna do portão, caso precisasse dela às pressas, e passei pelo jardim até a casa da Joyce.

"Lou!", ela saiu pela porta, assustada. "Não imaginei que... cadê seu carro? O que aconteceu?"

"Nada, o pneu furou", sorri. "Tive que deixar o carro e vir andando."

Dei uma volta pela sala de estar e ela parou na minha frente, enroscou os braços ao meu redor e pressionou o rosto contra minha camisa. O robe dela abriu. Imagino que tenha sido um acidente proposital. Ela apertou o corpo contra o meu.

"Lou, querido..."

"Sim?"

"São apenas nove horas, e o idiota só chega em uma hora. Depois, vou ficar duas semanas sem ver você. E aí ... você sabe."

Eu sabia. Sabia que *isso* ia aparecer na autópsia.

"Não sei, não, docinho", falei. "Estou todo fedido e você tá toda arrumadinha..."

"Ah, não estou, não", ela me apertou. "Sempre me arrumo só pra ouvir você me elogiar. Rápido, aí dá tempo de eu tomar banho..."

Banho. Isso resolveria o problema.

"Assim você não me deixa escolha, docinho", disse, já puxando ela pro quarto. E, não, não fiquei nem um pouco incomodado com isso.

Porque, bem no meio da coisa toda, durante os gemidos e a sacanagem, ela congelou de repente, puxou minha cabeça pra trás e olhou bem nos meus olhos.

"A gente *vai* se encontrar daqui a duas semanas, não é, Lou? Assim que você vender a casa e resolver seus negócios?"

"Foi o que a gente combinou", respondi.

"Não me deixe esperando. Quero ser boazinha com você, mas, se você não deixar, eu mudo de ideia. Volto pra cá e meto a boca no trombone. Vou seguir você pela cidade e contar pra todo mundo como..."

"... como eu roubei sua juventude e te larguei na sarjeta?", completei.

"Seu maluco!", ela riu. "Mas, é sério, Lou..."

"Eu sei. Não vou te deixar esperando, docinho."

Fiquei deitado enquanto Joyce tomava banho. Ela saiu do banheiro se secando com uma toalha enorme, e tirou uma calcinha e um sutiã da mala. Vestiu a calcinha enquanto cantarolava, e me entregou o sutiã. Coloquei nela e dei umas duas beliscadas em suas costas, e ela riu e encolheu os ombros.

Vou sentir saudades, docinho, pensei. *Você precisa sumir, mas vou sentir a sua falta.*

"Lou... Acha que Elmer vai causar problemas?"

"Já disse", respondi. "O que ele faria? Não pode abrir o bico pro pai. Vou dizer que mudei de ideia e vamos ter de confiar no velho. É assim e ponto-final."

Ela franziu a testa.

"Parece tão... tão complicado! Tenho impressão de que a gente podia ter conseguido a grana sem arrastar o Elmer junto."

"Bem...", olhei de relance pro relógio.

Nove e meia. Não precisava mais enrolar. Me sentei ao lado dela enquanto arrastava meus pés pelo chão. Calcei as luvas sem fazer alarde.

"Bem, preciso admitir, docinho", falei. "É mesmo complicado, mas é como tem que ser. Você já deve ter ouvido o que se diz por aí sobre Mike Dean, meu irmão adotivo. Bem, o Mike era inocente. Levou a culpa por mim. Então, se você fizesse algum escândalo pela cidade, ia acontecer algo muito pior do que você imagina. As pessoas ficariam desconfiadas, e no final da história..."

"Mas não vou dizer nada, Lou. Vamos nos encontrar e..."

"Deixa eu terminar de falar", continuei. "Já contei sobre a queda do Mike, certo? Só que ele não caiu. Ele foi assassinado. O velho Conway planejou tudo e..."

"Lou." Ela não tinha entendido nada ainda. "Não vou deixar você machucar o Elmer! Não faça isso, querido. Vão te encontrar e você vai pra cadeia e... Oh, querido, nem pense numa coisa dessas!"

"Não vão me pegar", respondi. "Não vão nem suspeitar de mim. Vão pensar que ele estava bêbado, como sempre, e que vocês brigaram e se mataram."

A ficha dela ainda não tinha caído. Ela riu e franziu a testa ao mesmo tempo.

"Mas, Lou... Isso não faz sentido. Mas como eu estaria morta se..."

"Fácil", respondi, e dei um tapa na cara dela. Ela ainda estava fazendo aquela cara de quem não está entendendo nada. Colocou a mão no rosto e esfregou devagar.

"Não ouse fazer isso agora, Lou. Preciso viajar e..."

"Você não vai a lugar nenhum, docinho", falei e bati nela de novo. Então ela finalmente entendeu.

Ela tentou fugir, mas catei ela por trás. Girei o corpo dela na minha direção e acertei dois socos. Joyce voou pra trás e caiu contra a parede. Ela tentou andar, aos tropeços, quase em zigue-zague, enquanto balbuciava alguma coisa, e caiu na minha direção. Acertei mais dois socos.

Empurrei ela contra a parede, dando um soco atrás do outro. Foi como socar uma abóbora. No começo foi mais difícil, mas depois o corpo dela foi amolecendo a cada golpe. Os joelhos cederam, ela despencou, e a cabeça ficou mole e pendurada. Depois, aos poucos, bem devagar, ela começou a se erguer.

Acho que ela não conseguia enxergar nada, era impossível. Eu não entendia como ainda estava de pé, nem como respirava. Mas levantou a cabeça, cambaleando, ergueu os braços e ficou de braços abertos. Então, começou a caminhar na minha direção, bem na hora que ouvi um carro parar na frente da casa.

"Beeeãdeussss... mmmmeeee bjaaaa..."

Acertei um gancho que veio lá de baixo. Ouvi um *crack!* bem agudo, o corpo dela voou pra cima e caiu no chão, desajeitado. E, dessa vez, ficou lá.

Limpei as luvas no cadáver; era o sangue dela, e pertencia àquele corpo. Tirei a arma da gaveta, apaguei as luzes e fechei a porta.

Elmer subiu os degraus e passou pela varanda. Fui até a sala e abri a porta.

"Opa, Lou, grande rapaz, grande rapaz, grande rapaz", disse ele. "Bem na hora, hein? Elmer Conway é assim, sempre pontual."

"E bêbado", acrescentei. "Elmer Conway é assim. Trouxe o dinheiro?"

Deu dois tapas no papel marrom debaixo do braço.

"O que você acha? Cadê a Joyce?"

"No quarto. Por que não vai até lá? Aposto que a calcinha dela vai cair assim que vir você."

"Ah", deu uma piscadela, feito idiota. "Você não devia falar assim, Lou. Sabe que vou me casar com ela."

"Que seja", dei de ombros. "Mas aposto uma bela grana que ela está esperando você de pernas abertas."

Eu queria rir alto. Queria gritar. Queria pular nele e estraçalhar o idiota. "Bem, quem sabe..."

Elmer se virou e caminhou pelo corredor. Encostei contra a parede e esperei ele entrar no quarto e acender a luz.

Ouvi quando ele disse: "Joyce? Oi, princesa, princesa, pr-pr-pr...". Ouvi um baque pesado e um som gorgolejante, como um estrangulamento. Então, ele disse, ele gritou "Joyce... Joyce... *Lou!*".

Fui até o quarto. Ele estava de joelhos, com sangue nas mãos, e uma listra enorme no queixo, onde ele havia limpado. Olhou pra mim, boquiaberto.

Eu ri — era rir ou fazer algo pior — e Elmer apertou os olhos e gritou. Urrei de tanto rir, ri tanto que cheguei a dobrar o corpo e bater as mãos nos joelhos. Me curvei, rindo e peidando e, por isso, rindo mais ainda. Até que ri tudo o que tinha pra rir. Gastei todas as risadas que eu tinha.

Ele levantou e esfregou o rosto com as mãos flácidas; olhava pra mim com cara de idiota.

"Quem fez isso, Lou?"

"Foi suicídio", respondi. "É um caso evidente de suicídio."

"M-mas isso n-não faz..."

"É a única coisa que faz sentido! Foi isso que aconteceu, ouviu bem? Suicídio, entendeu? Suicídio, suicídio, suicídio! Eu não matei ninguém. Não diga que eu matei. ELA SE MATOU!"

Atirei bem na bocona aberta dele. Esvaziei a arma mesmo.

Agachei e apertei a mão da Joyce no cabo da arma, depois joguei o revólver ao lado dela. Caminhei até a porta, atravessei o gramado e não olhei pra trás.

Peguei a tábua e levei até meu carro. Se alguém tivesse visto o carro, a tábua seria o meu álibi. Eu teria saído pra procurar algo pra colocar debaixo do macaco.

Coloquei o macaco sobre a tábua e troquei o pneu. Joguei as ferramentas de volta no carro, girei a chave e desci de ré até a Derrick Road. Geralmente, entrar de ré em uma estrada, com faróis desligados, é tão arriscado quanto sair de casa sem calças. Mas não era uma ocasião comum. Nem pensei no que estava fazendo.

Se o Cadillac de Chester Conway estivesse mais rápido, eu não estaria escrevendo isso.

Ele saltou do carro xingando pra caramba, e, quando viu quem era o motorista, xingou mais ainda.

"Mas que merda, Lou, você devia prestar mais atenção! Quer morrer, por acaso? Hein? Que diabos tá fazendo aqui a essa hora?"

"Tive que parar pra trocar o pneu", respondi. "Desculpe se..."

"Certo, certo. Vamos embora. Não dá pra ficar de papo aqui à noite."

"Embora?", perguntei. "Ainda é cedo."

"Cedo nada, cacete! São onze e quinze e o imbecil do Elmer ainda não foi pra casa. Ele prometeu que não ia demorar e ainda não chegou. Ainda deve estar mandando ver."

"Acho melhor a gente esperar mais um pouco", respondi. Eu precisava de mais tempo. Não podia voltar agora. "Por que não vai pra casa, sr. Conway, e eu vou..."

"Eu vou até lá!", ele caminhou até o carro. "E você vem comigo!"

Bateu a porta do Cadillac, deu a ré, passou do meu lado e gritou de novo pra que eu o seguisse. Respondi que iria e ele seguiu viagem. Pisou fundo.

Acendi um charuto. Girei a chave e o motor morreu. Girei e morreu de novo. Finalmente, segurei o pedal e o motor ligou, então segui em frente.

Dirigi pela estrada e estacionei na frente da casa da Joyce. Não havia espaço no quintal, com o carro do Elmer e do velho dele parados lá. Desliguei o motor e desci. Subi a escada e passei pela varanda.

A porta estava aberta e Conway estava na sala, ao telefone. A flacidez havia sumido do rosto dele, como se uma faca tivesse fatiado todas as sobras de pele.

Não parecia muito agitado. Não parecia triste. Parecia um homem de negócios, o que, por algum motivo, piorava tudo.

"Claro, é uma pena", disse ele. "Não precisa repetir. Sei que isso é um problemão. Ele morreu, pronto. Só me interessa que ela... Bom, então faça! Venha até aqui. Não podemos deixá-la morrer, entendeu? Não assim. Essa piranha vai pagar caro."

7

Eram quase três da manhã quando parei de falar — de responder perguntas, na verdade — com o xerife Maples e o procurador do condado, Howard Hendricks. E você pode imaginar que não foi uma conversa muito agradável. Eu estava enjoado e, claro, muito puto da vida, morrendo de raiva. A coisa não aconteceu como devia. Aquilo era completamente desproposital. Não era certo.

Fiz o máximo que pude pra me livrar de dois cidadãos indesejáveis sem criar alarde. E um deles ainda estava vivo. Ou seja, a bosta ia voar contra o ventilador e respingar em mim.

Quando saí do tribunal, fui até o bar do Grego e tomei um café que nem estava com vontade de tomar. O filho dele tinha começado a trabalhar meio período em um posto de gasolina, e o velho não sabia se era boa ideia ou não. Prometi passar por lá e dar uma olhada no garoto.

Não queria ir pra casa e responder a mais perguntas; desta vez, da Amy. Então achei melhor ficar enrolando na rua, assim quem sabe ela desistiria de me esperar e iria embora.

Johnnie Pappas, filho do Grego, agora trabalhava no posto do Slim Murphy. Quando cheguei, ele estava mexendo no motor do seu hot rod. Desci do carro e ele caminhou na minha direção, devagar, meio suspeito, e limpou as mãos em um jornal velho.

"Acabei de saber desse seu emprego novo, Johnnie", comentei. "Parabéns."

"É." Ele era alto, bonitão; bem diferente do pai. "Meu pai pediu pra você vir aqui?"

"Ele só disse que você estava trabalhando aqui", respondi. "Algum problema?"

"Bom... pelo jeito, você ainda tá acordado."

Dei uma risada.

"Bom, e você também. Agora, que tal encher o tanque e dar uma olhada no óleo?"

Ele começou a trabalhar e, quando terminou tudo, já não estava mais na defensiva.

"Desculpe o mau jeito, Lou. É que meu pai tem enchido o meu saco. Ele não entende que um cara da minha idade precisa de grana, e pensei que ele tinha mandado você pra ficar de olho em mim."

"Você me conhece, Johnnie."

"É, conheço sim", sorriu, amigável. "Muita gente já me encheu o saco, mas ninguém, fora você, tentou me ajudar. Você é o único amigo de verdade que eu tenho nesta cidade de bosta. Por que isso, Lou? O que você ganha em ajudar um cara que ninguém gosta?"

"Ah, sei lá", respondi. E não sabia mesmo. Não sabia nem como eu conseguia ficar lá, conversando com ele, com tudo o que eu tinha na cabeça. "Talvez porque eu também não passava de um garoto até pouco tempo atrás. Pais são engraçados. Os que enchem o saco são os melhores."

"É. Bem..."

"Qual o seu horário aqui, Johnnie?"

"Sábados e domingos, meia-noite às sete. Só pra tirar uma graninha. O pai acha que vou ficar muito cansado pra ir pra escola nas segundas, mas não vou, Lou. Vai dar tudo certo."

"Sei que vai", concordei. "Só tem uma coisa, Johnnie. A reputação do Slim Murphy não é das melhores. Não temos provas de que ele está realmente no negócio de desmanche de carros, mas..."

"Eu sei", respondeu, chutando as britas do chão, aborrecido. "Não vou me meter em confusão, Lou."

"Bom saber", respondi. "É uma promessa, e sei que você não quebra promessas."

Paguei com uma nota de vinte dólares, recebi o troco e fui pra casa. Pensativo. Balançava a cabeça enquanto dirigia. Não tinha fingido. Fiquei *mesmo* preocupado com o garoto. Eu, preocupado com os problemas *dele*.

As luzes da casa estavam apagadas quando cheguei, mas estariam apagadas mesmo com Amy lá dentro. Então, não alimentei esperanças. Concluí que meu desdém era tipo um estímulo pra ela ficar; que faria questão de aparecer bem na única noite em que eu não queria nada com ela. Foi o que imaginei, e foi o que aconteceu.

Ela estava acordada, sentada na cama. Tinha enchido dois cinzeiros no tempo que ficou lá. E estava furiosa! Nunca tinha visto uma garota tão furiosa na minha vida.

Sentei na beirada da cama, tirei os sapatos e não falei nada por cerca de vinte minutos. Nem tive chance. Por fim, ela tirou o pé do acelerador e tentei me redimir.

"Desculpa, benzinho, de verdade, mas não deu pra evitar. Tive muitos problemas hoje."

"Aposto que sim!"

"Vai me deixar falar ou não? Se não quiser ouvir, não tem problema."

"Vai, fala logo! Já ouvi tantas mentiras e desculpas suas, acho que eu posso ouvir mais uma."

Contei o que aconteceu — quer dizer, o que *devia* ter acontecido — e ela mal se conteve até eu terminar. Mal tinha acabado a última frase quando ela explodiu pra cima de mim outra vez.

"Como pôde ser tão burro, Lou? Como pôde fazer isso? Se envolver com uma prostituta nojenta e aquele merda do Elmer Conway? Isso vai ser um escândalo, você vai perder o emprego e..."

"Por quê?", resmunguei. "Não fiz nada."

"Quero saber por que você fez isso!"

"Bem, foi meio que um favor, sabe? Chester Conway me pediu pra dar um jeito de tirar Elmer dos encantos daquele rabo de saia, então..."

"Mas por que você? Por que sempre tem que fazer esses favores? Você nunca faz nada por mim!"

Fiquei quieto por um minuto. Mas pensei: *é o que você pensa, benzinho. Você ainda está inteira, isso é um baita favor.*

"Responda, Lou Ford!"

"Tá bom! Eu não devia ter feito isso."

"Não devia nem ter deixado aquela mulher ficar na cidade!"

"Não", concordei. "Não devia."

"E então?"

"E então nada, só não sou perfeito", surtei. "Eu erro demais. Quantas vezes quer que eu diga isso?"

"Bem... tudo o que tenho a dizer é..."

Ela ia levar o resto da vida pra dizer tudo o que tinha pra dizer; e eu não estava a fim nem de começar a ouvir. Estendi o braço e agarrei a virilha dela.

"Lou! Para com isso!"

"Por quê?", perguntei.

"Para com isso já!", ela tremeu. "P-para ou... ai, *Lou!*"

Me deitei ao lado dela, ainda vestido. Precisava fazer isso, porque era o único jeito de ela calar a boca. Então, deitei e ela encostou o corpo em mim. E não tinha nada de errado com a Amy quando ela agia assim; não dava pra querer muito mais que isso de uma mulher. Mas eu ainda tinha muitos problemas. Joyce Lakeland era o meu problema.

"Lou...", Amy diminuiu o ritmo. "Qual o problema, querido?"

"Toda essa confusão", respondi. "Acho que não consigo sossegar."

"Ai, tadinho. Esquece de tudo, menos de mim, e prometo fazer carinho e sussurrar no seu ouvido, tá bom? Vou..." Ela me beijou e sussurrou o que ia fazer. E fez. E, tenho de admitir, foi como se ela tivesse feito com um poste.

A Joyce já tinha me dado tudo o que eu precisava.

Amy ergueu a mão e começou a limpar nos quadris. Então, pegou o lençol e começou a esfregar nos quadris.

"Seu filho da puta", disse ela. "Seu canalha nojento."

"O quê?", perguntei. Foi como levar um soco no estômago. Amy nunca falava palavrão. Pelo menos eu nunca tinha ouvido.

"Você tá sujo. Dá pra perceber. Tô sentindo o cheiro. O cheiro dela. Você nem pra tomar um banho. Agora nunca vai sair. Seu..."

"Jesus Cristo!", peguei ela pelos ombros, contendo a fúria. "O que quer dizer com isso, Amy?"

"Você transou com ela. Transa com ela faz tempo. E enfiou a indecência dela dentro de mim, me manchou com a sujeira dela. Você vai pagar por isso. Mesmo que seja a última coisa que eu..."

Ela me empurrou, chorando, e saiu da cama. Eu também me levantei, mas ela empurrou uma cadeira, que ficou entre nós.

"Fica longe de mim! Não ouse me tocar!"

"Sim, claro, benzinho", falei. "Como você quiser."

Ela ainda não havia compreendido o significado do que ela estava falando. Só conseguia pensar em si, no insulto que sofreu. Mas eu sabia que, com o tempo — e não ia demorar —, ela concluiria o quebra-cabeça. Não teria provas, é claro. Era só ela fazer algumas suposições — seguir a intuição — e juntar isso com a operação pela qual eu havia passado: algo que, graças a Deus, ela parecia ter esquecido. De qualquer jeito, ela abriria o bico. E o fato de ela não ter provas não ia fazer diferença alguma.

Provas não são importantes, entende? Não pelo que já vi no meu trabalho. Só precisamos de um palpite de que alguém seja culpado. A partir daí, a menos que o sujeito tenha costas quentes, é só uma questão de fazer o cara admitir.

"Amy. Amy, benzinho, olha pra mim."

"N-não quero olhar pra você."

"Olha pra mim... é o Lou, amorzinho, Lou Ford, lembra? O sujeito que você conhece a vida inteira. Pergunto pra você, aqui, agora, acha mesmo que eu faria o que você me acusa de fazer?"

Ela mordeu os lábios e hesitou.

"Fez, sim." Havia uma sombra de incerteza na voz. "Sei que fez."

"Você não sabe nada", eu disse. "Chegou a uma conclusão maluca só porque estou cansado e chateado. Por que diabos eu me envolveria com uma desqualificada quando tenho você? O que uma mulher daquelas seria capaz de fazer pra que eu arriscasse perder uma garota como você? Hein? Não faz o menor sentido, certo, benzinho?"

"Bem..."

E estava resolvido. Eu atingi o orgulho dela, seu ponto mais fraco. Mas não o suficiente pra esquecer tudo.

Ela alcançou a calcinha e vestiu, ainda de pé, atrás da cadeira.

"Não adianta discutir, Lou", insistiu, cansada. "Acho que eu devia erguer as mãos pro céu, acho que não peguei nenhuma doença."

"Mas, que droga...!" Fui rápido e passei pela cadeira e a agarrei pelos braços. "Droga, para de falar assim da garota com quem vou me casar! Não me importo que me ofenda, mas pare de falar assim dela, entendeu? Não pode dizer isso sobre a garota com quem vou me casar! Você dormiria com um sujeito que visita prostitutas?"

"Me largue, Lou! Me..."

Ela parou de resistir, de repente.

"O que você...?"

"Você ouviu", respondi.

"M-mas não faz dois dias que..."

"E daí?", perguntei. "Nenhum homem gosta de ser pressionado pra casar. Ele quer fazer o pedido, e é o que estou fazendo agora mesmo. Droga, na minha opinião, já esperamos tempo demais. O que aconteceu aqui hoje prova isso. Se a gente fosse casado, não aconteceriam tantas discussões e mal-entendidos."

"Desde que aquela mulher apareceu, você quer dizer."

"Chega. Já fiz tudo o que podia. Se ainda não quer acreditar em mim, não vou mais..."

"Espera, Lou!", ela me agarrou. "Escuta, você não pode me culpar por..." e ficou por isso mesmo. Pelo próprio bem, ela precisava desistir da discussão. "Me desculpa, Lou. É lógico que estou errada."

"É, está mesmo."

"E quando vamos fazer isso? Casar."

"Quanto antes, melhor", menti. Não tinha a menor intenção de me casar com ela. Mas precisava de tempo pra planejar, e precisava garantir que ela ia manter o bico fechado. "A gente fala disso daqui a uns dias, quando os ânimos derem uma acalmada."

"Não", ela balançou a cabeça. "Agora que você... que *nós* tomamos essa decisão, vamos conversar sobre isso agora mesmo."

"Mas já está quase amanhecendo, benzinho. Se você não for embora agora, as pessoas vão ver que você passou a noite aqui."

"Não me importo, querido. Não me importo nem um pouquinho." Ela encostou a cabeça no meu peito e se aninhou em mim. E, mesmo sem ver o rosto dela, eu sabia que ela estava sorrindo. Amy colocou a corda no meu pescoço e aproveitaria cada segundo.

"Bom, eu tô bem cansado. Acho que vou dormir um pouco antes de..."

"Vou fazer um café, querido. Isso vai manter você acordado."

"Mas, benzinho..."

O telefone tocou. Ela hesitou por um segundo, mas me soltou; então, caminhei até a escrivaninha e atendi.

"Lou?", era o xerife Bob Maples.

"Oi, Bob", respondi. "O que houve?"

Ele respondeu, eu disse "tá bom" e desliguei o telefone. Amy olhou pra mim e mudou de ideia sobre ficar.

"Trabalho, Lou? Precisa trabalhar?"

"Preciso. O xerife Bob vai passar aqui daqui a pouco pra me pegar."

"Ai, tadinho! Tá tão cansado! Vou me vestir e sair agora mesmo."

Ajudei Amy a se vestir e fui com ela até a porta dos fundos. Ela me beijou e eu prometi que ligaria pra ela assim que possível. Ela saiu poucos minutos antes do xerife Bob aparecer.

O procurador do condado, Howard Hendricks, estava com ele, sentado no banco de trás do carro. Quando embarquei, acenei com a cabeça e lancei um olhar frio, que ele devolveu, sem aceno. Nunca achei o sujeito muito útil. Era um desses patriotas profissionais, e sempre dava um jeito de dizer que tinha sido um grande herói durante a guerra.

O xerife Bob engatou a primeira e limpou a garganta, desconfortável.

"Detesto incomodar, Lou", disse ele. "Espero não ter interrompido nada."

"Nada que não possa esperar", expliquei. "Já larguei ela esperando umas cinco, seis horas."

"Você tinha um encontro com uma garota ontem à noite?", Hendricks perguntou.

"Tinha", respondi, virando o rosto na direção oposta a ele.

"Que horas?"

"Pouco depois das dez. No horário que imaginei que já teria encerrado o assunto do Conway."

O procurador resmungou.

"Quem era a garota?", perguntou, soando um tanto desapontado.

"Não é da sua..."

"Espera, Lou!", Bob tirou o pé do acelerador e entrou na Derrick Road. "Howard, você agora passou dos limites. Você ainda é um novato por essas bandas... mora aqui há, o quê, uns oito anos, por aí? Mas já devia saber que não se faz esse tipo de pergunta a um homem."

"Mas que droga!", exclamou Hendricks. "É o meu trabalho. É uma pergunta importante. Se o Ford ia encontrar com uma garota ontem à noite, então... bem", hesitou, "mostra que planejou estar em um lugar em vez de... bem, hã... em outro lugar. Entende o que quero dizer, Ford?"

É claro que entendia, mas não ia admitir. Eu não passava do velho e estúpido Lou, de Kalamazoo. Nem tinha pensado em ter um álibi porque não tinha feito nada que precisasse de um.

"Não", respondi, devagar. "Acho que não entendo o que quer dizer. Pra ser honesto, e sem querer ofender, achei que já tinha falado tudo que precisava quando conversamos uma hora atrás."

"Bem, errou feio, camarada." Ele olhou pra mim pelo retrovisor, com o rosto vermelho. "Tenho mais perguntas. E ainda espero a resposta da última. Quem era a..."

"Chega, Howard!" Bob sacudiu a cabeça com agressividade. "Não pergunte isso de novo, ou vou perder a paciência. Eu conheço a garota. Conheço os pais dela. É uma das garotas mais decentes da cidade e não tenho a menor dúvida de que o Lou tinha um encontro com ela ontem à noite."

Hendricks ficou carrancudo e riu, irritado.

"Não entendo. Não deve ser tão decente assim, já que passa a noi... bem, esqueçam... pelo jeito é decente o suficiente pra ninguém falar o nome dela, nem na maior confidencialidade. Vou dizer, não entendo essas coisas. Quanto mais tempo passo com vocês, menos entendo."

Virei e olhei pra ele, sorrindo, parecendo amigável e sério ao mesmo tempo. Pelo menos por um momento, porque não era boa ideia irritar alguém naquelas circunstâncias. Um sujeito com a cabeça cheia não pode correr esse risco.

"Acho que por aqui somos pessoas muito implacáveis, Howard", comentei. "Acho que tem a ver com o fato deste país não ter sido muito bem povoado e aqui um homem precisa ter muito cuidado com seu comportamento, ou vira um alvo pro resto da vida. Quer dizer, não existe multidão na qual desaparecer... o cara vai estar sempre à vista de todo mundo."

"E daí?"

"E daí que, se um homem ou uma mulher faz alguma coisa, nada ruim, sabe, mas o tipo de coisa que homens e mulheres fazem, as pessoas fingem que não sabem de nada. É sempre assim, porque, cedo ou tarde, todos vão precisar que os outros devolvam esse favor. Consegue entender? É o único jeito de tocar a vida de cabeça erguida."

Ele acenou, indiferente.

"Muito interessante. Bem, chegamos, Bob."

O xerife Maples desacelerou e estacionou à beira da estrada. Descemos do carro e Hendricks apontou pra trilha que levava à velha Casa Branch. Apontou com a cabeça e se virou na minha direção.

"Vê aquela trilha, Ford? Sabe o que causou aquilo?"

"Ué, dá pra ver fácil", respondi. "Um pneu furado."

"Você admite? Reconhece que esse tipo de marca só pode ter sido feito por um pneu furado?"

Empurrei meu chapéu pra trás e cocei a cabeça. Franzi a testa e olhei pro Bob.

"Acho que não tô entendendo o que vocês tão querendo saber", falei. "O que tá acontecendo aqui, Bob?"

Na verdade, eu tinha entendido. Tinha entendido que cometi uma enorme burrada. Percebi assim que vi as marcas no mato, e tinha uma resposta na ponta da língua. Mas não podia dizer já. Precisava esperar, falar na hora certa.

"É coisa do Howard", disse o xerife. "Acho melhor responder, Lou."

"Certo", dei de ombros. "Já disse. Essa marca foi feita por pneu furado."

"E você sabe me dizer", Hendricks continuou, devagar, "quando essas marcas foram feitas?"

"Não faço a menor ideia", respondi. "Só sei que não foi o meu carro."

"Seu canalha mentiro... *hein*?", Hendricks fez cara de idiota e o queixo desmoronou.

"M-mas..."

"Meu pneu não estava furado quando saí da rodovia."

"Não, peraí! Você..."

"Não, não, peraí *você*", interrompeu o xerife Bob. "Não lembro do Lou dizer que o pneu dele tinha furado na Derrick Road. Não lembro de ele dizer nada disso."

"Se disse", acrescentei, "não tenho a menor dúvida de que foi sem querer. Eu sabia que estava com o pneu furado, senti o carro pender pra um lado. Mas parei na pista antes do pneu murchar."

Bob concordou e olhou pro Hendricks. O procurador do condado de repente resolveu se concentrar em acender um cigarro. Não sei o que estava mais vermelho — o rosto dele ou o sol no alvorecer atrás das colinas.

Cocei a cabeça de novo.

"Bem", falei, "suponho que isso não é da minha conta. Mas tomara que vocês não tenham destruído um pneu novo só pra fazer essas marcas."

A boca do Hendricks tremia. Os olhos de Bob brilhavam. A uns oito quilômetros dali ouvimos o barulho de sucção de uma bomba de lama, que começou a funcionar. De repente, o xerife arfou, tossiu e largou uma gargalhada barulhenta.

"Rá, rá, rá!", forçou ele. "Vou te contar, Howard, isso foi bem engraçado, rá, rá, rá!"

Então, Hendricks começou a rir também. De início, contido e desconfortável, até soltar uma risada completamente desinibida. Fiquei lá, parado, com um sorriso amarelo, como alguém que quer participar, mas não entendeu a piada.

Fiquei feliz por ter cometido aquele erro estúpido. Você caminha pela corda bamba com mais cuidado depois de cair uma vez.

Hendricks me deu um tapa nas costas.

"Eu sou um idiota, Lou. Devia prestar mais atenção."

"Nossa", falei, e fingi perceber, enfim, o que acontecia. "Não vai me dizer que pensou que eu..."

"Claro que não", negou Bob, com carinho. "Nem passou pela nossa cabeça."

"Mas a gente tinha que verificar", explicou Hendricks. "Ouvir o que você ia dizer. Você não conversou muito com Conway ontem à noite, conversou?"

"Não", respondi. "Não me pareceu um bom momento pra conversar."

"Bom, eu conversei com ele. Na verdade, ele conversou com a gente. Ele estava violento, nervoso. A garota... Qual era o nome dela? Lakeland? Tá mais morta do que viva. Os médicos falaram que não vai recobrar a consciência, então Conway não vai poder jogar a culpa dessa merda nas costas dela. Então, é óbvio que ele precisa de outro bode expiatório; ele vai ficar desesperado. Por isso, precisamos desviar a atenção dele de qualquer coisa que pareça, como dizer, minimamente estranha."

"Mas, diabos", bradei, "qualquer um vê o que aconteceu. Elmer tomou todas e encheu a moça de porrada..."

"Claro. Mas Conway nunca vai admitir isso. Principalmente se tiver alguma carta na manga."

Voltamos pra cidade, os três no banco da frente. Eu no meio, espremido entre Hendricks e o xerife; e, de repente, uma ideia maluca passou pela minha cabeça. Talvez eu não tivesse enganado os dois. Talvez eles estivessem fingindo, como eu. Talvez tenha sido por isso que me colocaram no meio, pra que eu não pudesse pular do carro.

Era uma ideia maluca, claro, e desapareceu rápido. Mas dei sinais antes que pudesse me segurar.

"Cansado?", perguntou Bob.

"Com fome", sorri. "Não como desde ontem à tarde."

"Um rango cairia bem", concordou Bob. "Que tal, Howard?"

"Acho que é uma boa ideia. Podemos parar no tribunal antes?"

"Nada feito", respondeu Bob. "Se a gente parar lá, corremos o risco de não sair mais. Você pode telefonar do restaurante. Aproveita e liga pra delegacia também, já que você vai entrar na fila."

Todo mundo na cidade já sabia o que tinha acontecido, e ouvimos muitos cochichos e sussurros assim que paramos no restaurante. Digo, muitos cochichos e sussurros de forasteiros novos, operários do petróleo, essas pessoas. Os antigos moradores apenas acenaram e seguiram com seus afazeres.

Hendricks foi até o telefone e Bob e eu nos sentamos em uma cabina. Pedimos ovos e presunto e Hendricks voltou rápido.

"Maldito Conway!", bufou, enquanto se sentava do outro lado da mesa. "Ele quer levar a garota pra Fort Worth. Tá dizendo que lá ela vai receber uma atenção médica melhor."

"É?", Bob olhou pro cardápio, despreocupado. "Que horas ele pensa em fazer isso?"

"Ainda não tenho certeza de que vai fazer isso! Quem autoriza as coisas nesse caso sou eu! Ela ainda nem foi autuada, muito menos acusada de nada. Não tive chance de tomar providências."

"Não acho que faça muita diferença", comentou Bob, "já que ela vai morrer, mesmo."

"Não é essa a questão! A questão é..."

"É, eu sei", concordou Bob, devagar. "Que tal uma visitinha a Fort Worth, Lou? Talvez eu vá também."

"É, acho que posso ir", respondi.

"Então vamos nós dois. Tudo bem, Howard? Acho que isso resolve os detalhes técnicos pra você."

A garçonete colocou a comida na nossa frente e Bob pegou o garfo e a faca. Senti a bota dele chutar a minha debaixo da mesa. Hendricks entendia bem a situação, mas era bunda-mole demais pra admitir. Precisava continuar a bancar o herói — o procurador do condado que não recebia ordens de ninguém.

"Escuta, Bob, talvez eu seja novo por aqui, como você disse, talvez eu ainda tenha muito a aprender. Mas, por Deus, conheço a lei e..."

"Eu também", assentiu o xerife. "Aquela que não está nos livros. Conway não pediu a sua permissão pra levar a garota. Ele comunicou. Disse que horas?"

"Bom", Hendricks engoliu seco, "dez da manhã de hoje, parece. Ele queria... Ele vai fretar um bimotor, e ainda precisam calibrar com oxigênio e..."

"Sei, sei. Bem, acho que tudo certo, então. Lou e eu teremos tempo pra um banho e arrumar a mala. Deixo você em casa assim que terminarmos de comer, Lou."

"Tá bom", respondi.

Hendricks não disse nada. Depois de uns dois minutos, Bob olhou pra ele e ergueu as sobrancelhas.

"Tudo bem com a sua comida, filho? Melhor comer antes que esfrie."

Hendricks suspirou e começou a comer.

Bob e eu chegamos ao aeroporto bem antes da hora, então subimos no avião e nos acomodamos. Alguns caras estavam remexendo o compartimento de bagagens pra ajeitar as coisas conforme as orientações médicas, mas estávamos tão cansados que seria necessário muito mais do que isso pra nos acordar. Bob capotou primeiro. Então, fechei os olhos, pensando em descansar um pouco. Achei que só ia tirar um cochilo leve, mas devo ter caído no sono. Nem percebi quando levantamos voo.

Em um momento, tinha fechado os olhos. No outro, Bob me sacudia e apontava pra fora da janela.

"Olha lá, Lou. A cidade das vacas."

Olhei pela janela. Que decepção. Nunca tinha saído do condado, e agora que eu sabia que Joyce não sobreviveria, eu podia ter aproveitado pra ver a paisagem. Até aquele momento, não tinha visto nada. Tinha passado o tempo todo dormindo.

"E o sr. Conway?", perguntei.

"Tá lá no compartimento de bagagens. Acabei de voltar de lá."

"Ela... ainda tá inconsciente?"

"Sim, e vai continuar assim, se quer saber", ele balançou a cabeça, cerimonioso. "Conway não sabe quando se dá bem. Se aquele inútil do Elmer não estivesse morto, a essa hora já estaria pendurado em uma árvore pelo pescoço."

"É", concordei. "A coisa é feia."

"Não entendo o que leva um homem a fazer uma coisa dessas. Não me entra na cabeça. Não entendo como alguém pode ficar tão bêbado, ou ser tão sórdido."

"Acho que é minha culpa", respondi. "Não devia ter deixado a garota ficar na cidade."

"É... eu disse pra você analisar a situação, e, pelo que soube, a garota era um pedaço de mau caminho. Provavelmente eu também teria deixado ela ficar."

"Sinto muito, Bob", lamentei. "Eu devia ter falado com você em vez de ter tentado resolver essa chantagem sozinho."

"É", concordou ele, balançando a cabeça devagar. "Mas agora já foi. Aconteceu e não tem nada que dê pra fazer. Perder tempo com o que devia ou não devia ter acontecido não vai nos levar a lugar nenhum."

"Verdade", concordei. "Acho que não adianta chorar pelo leite derramado."

A aeronave começou a taxiar e a perder altitude. Então, apertamos o cinto de segurança. Em poucos minutos, o avião pousou e vi que, enquanto taxiávamos pela pista de pouso, uma viatura e uma ambulância nos acompanhavam.

O avião parou, o piloto saiu da cabine e destrancou a porta. Bob e eu descemos e observamos um médico acompanhar a retirada da maca. A parte acima da cintura estava fechada com uma minitenda, e tudo o que pude ver foi o contorno dela sob o lençol. Depois, não vi mais nada; correram com ela pra ambulância. Senti alguém colocar a mão pesada sobre meu ombro.

"Lou", disse Chester Conway. "Você vem comigo na viatura."

"Bom", falei, e olhei pro Bob, "pensei que eu fosse..."

"Você vem comigo", repetiu ele. "Você vai na ambulância, xerife. Nos vemos no hospital."

Bob empurrou seu Stetson pra trás e lançou um olhar severo pro Conway. Depois, abaixou os olhos e caminhou em direção à ambulância arrastando as botas no chão.

Fiquei preocupado em como agir perto de Conway. E quando vi o jeito como humilhou o velho Bob Maples, fiquei furioso. Tirei a mão dele do meu ombro e entrei na viatura. Fiquei olhando fixo pra fora da janela e Conway entrou e se sentou do meu lado, batendo a porta do carro.

O motorista ligou a sirene da ambulância e saiu da pista de pouso. Seguimos logo atrás. Conway se curvou pra frente e fechou a divisa de vidro entre o assento traseiro e o do motorista.

"Não gostou disso, não é?", resmungou. "Acho que não vai gostar de muita coisa até tudo isso acabar. A reputação do meu garoto está em jogo, entendeu? A minha também. Isso é tudo que importa, nada além disso, e não adianta apelar pra princípios morais. Não vou perder tempo com os sentimentos nobres de ninguém."

"É, não é o seu estilo. Seria bem difícil começar a agir direito a esta altura."

Me arrependi de dizer isso no ato. É como se eu me entregasse de bandeja. Mas ele não deve ter ouvido. Como sempre, ouviu apenas o que queria.

"Vão operar a garota assim que chegarem ao hospital", continuou. "Se sobreviver, poderemos interrogá-la hoje à noite. Quero você lá assim que ela acordar da anestesia."

"Por quê?"

"Bob Maples é um sujeito decente, mas já passou da idade. A probabilidade de pisar na bola bem quando mais se precisa dele é muito grande. Por isso deixei ele acompanhar a garota lá atrás. Agora não faz diferença nenhuma."

"Acho que não entendi o que você quer... Por que..."

"Reservei quartos no hotel. Vou deixar você e você vai ficar lá até eu telefonar. Descansa um pouco, tá bom? Descansa bastante pra ficar bem afiado, prontinho pra hora que eu precisar de você."

"Tá bom", dei de ombros. "Mas já dormi no avião."

"Durma mais. Vai passar a noite inteira acordado."

O hotel ficava na West Seventh Street, a poucas quadras do hospital. Conway tinha reservado um andar inteiro. O assistente do gerente e o carregador de malas foram comigo até o quarto e, poucos minutos depois que eles saíram, apareceu um garçom trazendo uísque e gelo. Logo em seguida veio outro garçom, com sanduíches e café.

Enchi um copo com uísque e fui até a janela. Me sentei em uma cadeira enorme, confortável, estendi as pernas sobre o aquecedor, me inclinei pra trás e sorri.

Conway era mesmo um mandachuva. Ele conseguia fazer você ficar feliz em ser manipulado. Conseguia ter lugares como esse, com pessoas por todos os lados prontos pra servir o que ele quisesse. Ele tinha tudo, menos o que mais queria: o filho e uma boa reputação.

O filho dele tinha espancado uma prostituta quase até a morte e foi assassinado por ela. E ele não ia conseguir manter isso debaixo dos panos. Não se ele vivesse até os cem anos, e eu torcia pra que isso acontecesse.

Comi meio sanduíche de presunto, mas não me caiu bem. Então, peguei mais um copão de uísque e voltei pra janela. Me sentia inquieto e apreensivo. Queria sair do quarto e andar pela cidade.

Fort Worth é uma cidade do oeste texano e, do jeito que eu estava vestido, não chamaria atenção, como se estivesse em Dallas ou Houston. Poderia ter me divertido — ver algo novo, pra variar. Mas, em vez disso, tive de ficar lá, sozinho, sem nada pra fazer, nada pra ver, com os mesmos pensamentos de sempre.

Era quase como se existisse uma conspiração contra mim. Eu havia feito algo ruim, há muito tempo, quando era criança, e jamais consegui me livrar disso. Faziam questão de me lembrar, todos os dias, até eu começar a cagar de medo por qualquer coisinha, feito um cachorro maltratado. E lá estava eu...

Enchi mais um copo.

Lá estava eu, mas não seria mais assim. Joyce estava pra morrer, isso se já não estivesse morta. Tinha me livrado dela e me livrado *daquilo* — da doença — quando acabei com ela. E assim que a poeira baixasse, sairia do meu emprego, venderia a casa e as coisas do pai, e deixaria a cidade.

Amy Stanton? Bom, pensei, balançando a cabeça, ela não ia me impedir. Não me manteria preso a Central City. Ainda não sabia como me livrar dela, mas sabia que pensaria em algo.

Eu daria um jeito. Qualquer jeito.

Tomei um banho demorado, meio que pra matar tempo; e, depois, dei mais uma chance pros sanduíches e pro café. Andei pelo quarto enquanto comia e passava de uma janela pra outra. Queria estar em um andar mais baixo, pra poder ver a cidade um pouco.

Tentei dormir, mas não adiantou. Peguei uma toalha do banheiro pra dar uma limpada nas minhas botas. Tinha lustrado bem o primeiro pé e estava começando o outro quando Bob Maples entrou.

Ele me cumprimentou sem cerimônia e se serviu de uísque. Sentou enquanto fazia o gelo girar e olhava pro copo.

"Sinto muito pelo que aconteceu no aeroporto, Bob", disse a ele. "Acho que sabe que eu preferia ter ido com você."

"Sei, sim." Ele foi breve na resposta.

"Falei pro Conway que não gostei do que ele fez."

E ele respondeu "sei" de novo.

"Esquece. Deixe pra lá, tá bom?"

"Sim, claro", concordei. "Você que manda, Bob."

Observei Bob com o canto do olho enquanto eu esfregava a bota. Ele parecia furioso e preocupado, meio desgostoso. Eu tinha quase certeza de que não tinha nada a ver comigo. Na verdade, era evidente que Conway havia feito alguma coisa pra deixar o Bob naquele estado.

"O reumatismo tá incomodando de novo?", perguntei. "Por que não senta na cadeira, assim eu consigo massagear os seus ombros e..."

Ele ergueu a cabeça e olhou pra mim. Os olhos estavam límpidos, mas parecia haver lágrimas por trás deles. Então, Bob começou a falar devagar, bem devagar, como se conversasse consigo mesmo.

"Eu conheço bem você, não é, Lou? Conheço de trás pra frente. Conheço desde que você era pequeno, e nunca soube nada ruim sobre você. Sei exatamente o que vai fazer e falar, não importa a situação. Como no aeroporto, quando o Conway veio dar uma de chefão pra cima de mim. Muitos homens no seu lugar adorariam ver aquilo, mas sei que não foi o seu caso. Eu sei que aquele tipo de coisa te deixa mais magoado do que eu. Você é assim, não consegue ser de outro jeito..."

"Bob... Tem algo que você queira dizer, Bob?"

"Esquece. Isso vai ter que ficar comigo por enquanto. Só queria que você soubesse que eu... eu..."

"O que, Bob?"

"Esquece. Como eu disse, vou guardar isso comigo, por enquanto." Ele encarou o gelo no copo e sacudiu. "Aquele Howard Hendricks. Ele não devia ter feito você passar por aquela situação hoje de manhã. Sei que ele tem um trabalho enorme pela frente, como eu tenho o meu, e um homem não pode deixar as amizades interferirem no trabalho. Mas..."

"Ah, tudo bem, Bob", interrompi. "Aquilo não me incomodou."

"Mas me incomodou. Pensei nisso a tarde inteira, depois que deixamos o aeroporto. Pensei em como você agiria se estivesse no meu lugar e eu no seu. Ah, sem dúvida você teria sido amigável, gentil, porque é assim que você é. Mas não teria deixado dúvida sobre o seu posicionamento. Você teria dito 'Escute aqui, Bob Maples é meu amigo e sei que ele é um sujeito correto. Então, se quer saber alguma coisa, seja direto e pergunte a ele. Nada de teatrinho, de dissimulação, como se ele estivesse de um lado da cerca e a gente do outro'... É o que você teria feito. Mas eu... Bem, não sei, Lou. Acho que fiquei pra trás. Talvez eu esteja velho demais pra esse trabalho."

Tinha algo estranho acontecendo. Bob estava ficando velho, inseguro e Conway deve ter enchido o saco dele.

"Algum problema no hospital, Bob?", perguntei.

"É", ele hesitou. "Tive uns probleminhas, sim."

Levantou e colocou mais uísque no copo. Então, foi até a janela e ficou parado, de costas pra mim.

"Ela morreu, Lou. Não acordou da anestesia."

"Bom, todo mundo sabia que ela não tinha chance. Todo mundo, menos Conway, mas ele teimou em não ver o óbvio."

Bob não respondeu. Me aproximei dele e coloquei a mão sobre seu ombro.

"Escute, Bob. Não sei o que Conway disse, mas não se deixe abalar. Que direito ele tem? Ele nem chamou a gente pra vir nessa viagem, a gente precisou se meter. E agora que estamos aqui, ele acha que pode mandar e desmandar na gente, e espuma pela boca quando as coisas não acontecem como ele quer."

Ele deu de ombros, ou talvez só tenha respirado fundo. Tirei o braço do ombro dele e hesitei por um momento, porque achei que ele ia dizer algo; depois, fui pro banheiro e fechei a porta. Quando um homem está triste, às vezes o melhor a fazer é deixar o sujeito em paz.

Me sentei na beirada da banheira e acendi um charuto. Fiquei ali pensando, pensando em mim e em Bob Maples. Ele sempre foi muito legal comigo, e eu gostava dele. Mas não mais, acho, do que eu gostava de qualquer um. No final das contas, ele era só mais um entre centenas de pessoas que eu conhecia e com quem era amigável. E, ainda assim, lá estava eu, preocupado com os problemas dele em vez dos meus.

Claro, talvez porque eu soubesse que meus problemas estavam meio que resolvidos. Eu já sabia que Joyce não tinha sobrevivido, que não abriria o bico. Talvez tenha recobrado a consciência por alguns minutos, mas não teria condições de dizer nada. Não depois do que fiz com a cara dela... Porém, mesmo a certeza de que eu não corria risco algum não explicava totalmente minha preocupação com Bob. Me importuraram tanto depois do assassinato que não tive tempo de pensar direito, de aceitar o fato de que era *óbvio* que eu não corria riscos. Ainda assim, eu tinha tentado ajudar Johnnie Pappas, o filho do Grego.

A porta do banheiro se abriu e olhei pra cima. Bob deu um sorriso, com o rosto avermelhado. O uísque escorria pela lateral do copo e caía no chão.

"Ei!", chamou. "Tá fugindo de mim, Lou? Vem pra cá me fazer companhia."

"Claro, Bob", respondi. "Claro, vou sim."

Voltei pro quarto com ele. Bob se atirou na cadeira e matou o resto da bebida em um gole só.

"Vamos fazer alguma coisa, Lou. Vamos sair daqui e pegar esta cidade das vacas pelos chifres. Só nós dois, que tal?"

"Mas e o Conway?"

"Que queime no inferno. Ele tem uns negócios pra cuidar na cidade e vai ficar aqui por mais alguns dias. Vamos levar nossas malas pra algum outro lugar, pra não correr o risco de esbarrar com ele, e daí é só festa."

Bob tentou pegar a garrafa, mas só conseguiu na segunda tentativa. Peguei a garrafa da mão dele e enchi seu copo.

"É uma ótima ideia, Bob", falei. "Adoraria fazer isso. Mas não é melhor voltar pra Central City? Digo, do jeito que o Conway tá, não fica bem que a gente..."

"Ele que queime no inferno, já disse. É isso que eu quero que aconteça com ele."

"Eu sei, mas..."

"Já fizemos muito por ele. Demais. Mais do que qualquer outro homem branco faria. Agora, venha, coloque as botas e vamos sair daqui."

Eu disse claro, claro. Que já ia colocar. Mas que estava com um calo enorme e precisava cortar o bicho fora primeiro. Então, já que ele teria de esperar, talvez fosse melhor aproveitar pra tirar um cochilo na cama.

Foi o que ele fez, depois de resmungar e reclamar. Telefonei pra estação ferroviária e reservei uma cabine pra Central City no trem das oito. Teríamos de inteirar a passagem do próprio bolso, pois a cidade pagaria apenas o vagão de primeira classe. Mas achei que precisaríamos de privacidade.

E tinha razão. Acordei Bob às seis e meia, pra que tivesse tempo de se arrumar, mas ele parecia pior que antes. Não consegui fazer com que tomasse um banho. Não quis comer, nem beber café. Na verdade, ele começou a tomar mais uísque. Quando saímos do hotel, Bob levou a garrafa. E depois de finalmente conseguir fazer ele entrar no trem, eu estava tenso feito o traseiro de uma vaca sendo marcada a ferro. Que merda o Conway havia falado pra ele, afinal?

Pensava nisso e, cacete, eu devia ter percebido. Porque era como se ele tivesse me contado. Estava debaixo do meu nariz, tão perto que eu não enxergava.

Porém, talvez fosse melhor que eu não soubesse. Porque não tinha como resolver isso, não tinha nada que eu pudesse fazer. E eu estive suando sangue.

Bom. Assim foi minha primeira visita à cidade grande. Minha primeira viagem pra fora do condado. Do aeroporto direto pro hotel. Do hotel direto pro trem. Depois, a longa viagem pra casa, à noite — quando não dava pra ver nada —, trancado em uma cabine com um bêbado.

Em dado momento, perto da meia-noite, pouco antes de Bob dormir, ele teve um lapso de consciência, porque, de repente, cambaleou na minha direção e bateu com o punho no meu peito.

"Ei", reclamei. "Presta atenção, Bob."

"Prest... você prestatenssaum", resmungou. "Manter o sorriso, sorriso vale a pena... t-todo aquele papo de leite derramado e tal. Pra que fazer isso?"

"Ah... Eu só estava brincando, Bob."

"T-te contar uma coisa", disse ele. "T-te contar uma coisa que aposto que você nunca pensou."

"É?"

"É... é sempre mais claro um pouco antes de escurecer."

Me sentia cansado e apenas ri.

"Você entendeu errado, Bob. Não é assim a frase. Acho que você quis dizer..."

"Não", ele respondeu. "Você que não entendeu nada."

10

Chegamos a Central City perto das seis da manhã e Bob pegou um táxi direto pra casa dele. Ele não se sentia bem, passou muito mal, e não parecia ser só ressaca. Ele era muito velho pra beber daquele jeito.

Passei na delegacia, mas a noite tinha sido tranquila, segundo o oficial noturno, então fui pra casa. Eu tinha horas extras de sobra. Ninguém me encheria o saco por tirar uma semana de folga, o que, obviamente, eu não tinha intenção de fazer.

Vesti roupas limpas e preparei ovos mexidos e café. O telefone tocou assim que me sentei pra comer.

Pensei que era da delegacia, ou talvez Amy quisesse saber se eu estava em casa; ela teria de telefonar antes de ir pro trabalho ou esperar até o final do expediente dela, às quatro. Alcancei o telefone enquanto pensava em alguma desculpa pra dar pra ela, mas fui pego de surpresa ao ouvir a voz de John Rothman.

"Sabe quem é, Lou?", perguntou ele. "Lembra da nossa *última* conversa?"

"Claro", respondi. "Sobre a... hum... a situação do prédio."

"Eu ia te chamar pra vir aqui hoje à noite, mas preciso viajar pra San Angelo. Se importa se eu fizer uma visita rápida daqui a uns minutos?"

"Bom", respondi, "acho que tudo bem. É alguma coisa importante?"

"Só uma coisinha, mas importante, Lou. Só queria conversar pra me sentir mais tranquilo."

"Bom, acho que eu posso..."

"É, sei que você pode, mas acho melhor pessoalmente." Então ele desligou o telefone.

Coloquei o telefone no gancho e voltei a comer. Ainda era cedo. Provavelmente ninguém veria Rothman entrar aqui. De qualquer maneira, ele não era um criminoso, apesar das opiniões contrárias.

Ele chegou uns cinco minutos depois. Perguntei se queria um café, mas fiz isso sem muito entusiasmo, porque não queria que ele demorasse muito; ele disse que não, agradeceu e se sentou à mesa comigo.

"Bom, Lou", disse, e enrolou um cigarro. "Acho que sabe o que quero ouvir."

"Acho que sei", concordei. "Considere dito."

"As suposições da discreta matéria do jornal estão corretas? Ele partiu pra cima e levou o dele?"

"É o que parece. Não consigo pensar em outra explicação."

"Não consigo deixar de pensar...", continuou, e umedeceu o papel do cigarro. "Não consigo parar de pensar em como uma mulher com a cara toda amassada e o pescoço quebrado conseguiria meter cinco balas num homem, mesmo alguém do tamanho de Elmer Conway.

Rothman olhou pra cima devagar, até os olhos dele se encontrarem com os meus. Dei de ombros.

"Provavelmente ela não disparou tudo de uma vez. Talvez tenha atirado enquanto apanhava. Duvido que ela aguentaria até ele parar de bater pra começar a atirar."

"Acho que não aguentaria, certo?", concordou ele. "Só que, da pouca informação que consegui, parece que foi exatamente o que aconteceu. Ela ainda estava viva depois que ele morreu. E qualquer uma das balas, talvez duas, que ela meteu nele, seria o suficiente pra colocar o sujeito no chão. Então ela deve ter quebrado o pescoço e apanhado tudo o que apanhou antes de atirar."

Sacudi a cabeça. Eu precisava desviar o olhar dele.

"Você disse que queria ficar mais tranquilo. Você..."

"A verdade, Lou. Pura e cristalina. Estou esperando."

"É muita cara de pau sua me interrogar", falei. "O xerife e o procurador do condado estão satisfeitos. É só o que me importa."

"É assim que você vê as coisas?"

"É, é assim."

"Bem, vou dar a minha opinião. Estou te interrogando, sim, porque estou envolvido na questão. Talvez não diretamente, mas..."

"Mas também não indiretamente."

"Exato. Eu sabia que você guardava rancor dos Conway. Na verdade, fiz tudo o que pude pra jogar você contra o velho. Moralmente — talvez legalmente — compartilho da responsabilidade de qualquer atitude inadequada que você tenha cometido. A verdade é que eu e os sindicatos que represento podemos ficar numa posição desagradável."

"Se você diz...", respondi. "Eu não tô dizendo nada, você que tá dizendo."

"Se eu fosse você, não estaria tão tranquilo, Lou. Não vou ficar de braços cruzados diante de um assassinato. Aliás, como está o placar? Um ou dois?"

"Ela está morta. Morreu ontem à tarde."

"Não engulo isso, Lou, se foi um assassinato. Se foi você. No momento, não sei o que vou fazer, mas sei que não vou ficar do seu lado. Não posso. Você me arrastaria junto pela lama."

"Ah, diabos!", falei. "O que estamos..."

"A garota morreu, Elmer morreu. Então, apesar de a situação estar mal explicada, o que deve ter deixado o pessoal do tribunal histérico, ninguém pode provar nada. Se soubessem o que sei, sobre seus motivos..."

"Pra matar a garota? Por que eu faria isso?"

"Bem", passou a falar devagar, "vamos deixar a garota fora disso. Digamos que ela foi só uma ferramenta pra você se vingar de Conway. Parte do cenário."

"Você sabe que isso não faz sentido", respondi. "Sobre o que você disse, esse motivo hipotético que você menciona, tenho ele há seis anos. O acidente do Mike aconteceu há muito tempo. Por que eu esperaria seis anos pra bolar algum plano mirabolante? Transformar uma coitada de uma prostituta em mingau só pra pegar o filho de Chester Conway? Isso faz sentido pra você, Joe? Responda."

Rothman franziu a testa, perdido em pensamentos, cutucando os dedos na mesa.

"Não", comentou devagar. "Não parece lógico. Esse é o problema. O homem que simplesmente saiu andando depois de fazer aquilo... se alguém saiu andando..."

"Você sabe que ninguém saiu andando, Joe."

"É o que você diz."

"É o que eu digo", respondi. "É o que todo mundo diz. É o que você diria, se não soubesse o que penso dos Conway. Tire isso da equação e o que você tem? Apenas um homicídio duplo, duas pessoas se agrediram e se mataram sob circunstâncias suspeitas."

Ele sorriu com ironia.

"Nossa, eu chamaria isso de 'o abrandamento do século', Lou."

"Não posso dizer o que aconteceu, porque eu não estava lá. Mas sei que há tantos furos nessa situação quanto em qualquer outro caso. Um homem se arrasta por um quilômetro e meio com os miolos estourados. Uma mulher telefona pra polícia depois de levar um tiro no coração. Um homem é enforcado, envenenado, mutilado, toma um monte de tiro e continua vivo. Não sei como isso é possível. Não sei mesmo. Mas você sabe, assim como eu sei, que coisas desse tipo acontecem."

Rothman olhou pra mim com seriedade. Então, baixou a cabeça e concordou.

"É, acho que sim, Lou", admitiu. "Acho que você está limpo. Fiquei aqui sentado, observando você, juntando as peças do que sei a seu respeito e não consigo imaginar uma situação em que você agisse como *aquele* cara. Por mais estranho que pareça, essa conclusão teria sido ainda mais esquisita. As peças não se encaixam, por assim dizer."

"O que quer que eu diga?", perguntei.

"Nada, Lou. Eu devia estar agradecendo você por tirar um peso enorme da minha cabeça. Mas, se não se importa, gostaria de fazer só mais uma pergunta..."

"Diga."

"Qual é a sua jogada? Só por curiosidade. Admito que seu ódio por Conway não chega ao ponto de matar alguém, mas você odeia o sujeito. O que pretendia com tudo isso?"

Eu esperava por essa pergunta desde a noite em que conversamos. Já tinha a resposta pronta.

"O dinheiro fazia parte de um acordo pra tirar a garota da cidade. Conway ia pagar pra ela ir embora, deixar Elmer em paz. Na verdade..."

"... Elmer ia embora com ela, certo?", Rothman levantou e colocou o chapéu. "Bem, apesar do modo como tudo acabou, não acho que seja justo repreender você pelo que fez. Confesso que gostaria de ter tido essa ideia."

"Ah", falei. "Não foi nada demais. Só uma questão de procurar um jeito."

"Ô se é! E como está o Conway, afinal?"

"Acho que não está muito bem", respondi.

"Deve ter sido alguma coisa que ele comeu", Rothman balançou a cabeça. "Consegue imaginar? Mas fica de olho nisso, Lou. Olhos abertos. Cuidado com todas essas merdas que você fala por aí."

E foi embora.

Peguei os jornais no quintal — o de ontem à tarde e o de hoje de manhã —, coloquei mais café na xícara e me sentei à mesa.

Como sempre, os jornais estavam do meu lado. Em vez de me pintarem como um idiota ou intrometido, o que não seria difícil, me transformaram em uma mistura de J. Edgar Hoover com Lombroso: "A altruística intervenção do astuto investigador do xerife não gerou resultados devido às imprevisíveis peculiaridades do comportamento humano".

Ri e me engasguei com o café que engolia. Apesar de tudo o que eu tinha passado, começava a me sentir bem e relaxado. Joyce estava morta. Nem Rothman suspeitava de mim. E quando você consegue enganar um sujeito como ele, não precisa se preocupar com mais nada. Foi quase um teste com ácido.

Pensei em telefonar pro jornal e cumprimentá-los pela descrição "precisa". Costumava fazer isso, puxar um pouco o saco deles, e eles engoliam sem piscar. Eu podia dizer algo — ri —, podia dizer algo sobre "a verdade ser mais estranha que a ficção". E talvez acrescentar algo como "a verdade sempre prevalece". Ou... que não existe plano perfeito.

Parei de rir.

Em teoria, eu não devia nem pensar mais nisso. Rothman já tinha me alertado, e o velho Bob Maples não estava nos melhores dias. Mas...

Ora, se essa era a minha vontade, por que não? Se ajudava a aliviar a minha tensão? Era do personagem. Combinava com o sujeito inocente, de coração puro, que não machucaria uma mosca. O próprio Rothman tinha admitido que, mesmo tudo parecendo tão estranho, seria ainda mais bizarro supor que eu era o assassino. E meu discurso era uma das minhas melhores características — era parte desse cara que tinha enganado todo mundo. Se eu parasse de falar daquele jeito de repente, o que todo mundo pensaria?

Eu só precisava resolver se era o que eu queria ou não. A escolha estava longe das minhas mãos. Mas, claro, eu pegaria leve, sem exageros.

Pensei em todos os aspectos e ainda me sentia bem. Mas, no fim, decidi não telefonar pros jornais. As matérias já tinham sido bastante justas comigo, e não tinham custado nada a eles. Eles precisavam preencher aquele espaço de algum jeito. E eu não me importava com aquele monte de detalhes. O que disseram sobre a Joyce, por exemplo. Ela não era uma "irmã ímpia do pecado". E, por Deus, ela não tinha "amado bastante, embora sem prudência". Era só uma garota linda que se envolveu com o sujeito errado, ou com o sujeito certo no lugar errado, e ela não queria mais nada além disso. E foi o que conseguiu. Nada.

Amy Stanton telefonou pouco depois das oito e pedi que ela viesse mais tarde. Percebi que o melhor jeito de enrolar era não enrolar, não resistir demais. Se eu baixasse a guarda, ela pararia de pressionar. E, depois, ela não aceitaria um casamento a curto prazo. Muita coisa precisaria ser resolvida, planejada — Deus, eram tantos detalhes pra resolver! Até o tamanho da mala que levaríamos pra lua de mel. E antes que ela percebesse, eu já não estaria mais em Central City.

Depois de falar com Amy, fui até o laboratório do pai, acendi um bico de Bunsen e coloquei uma agulha intravenosa e uma hipodérmica pra ferver. Depois, procurei pelas prateleiras até encontrar uma caixa com hormônios masculinos, ACTH, complexo-B e água esterilizada. O estoque de remédios do pai era velho, claro, mas as farmácias ainda nos enviavam amostras. E eu usava as amostras.

Misturei um intravenoso de ACTH, complexo-B e água e apliquei no meu braço direito (o pai tinha uma teoria de que nunca se deve aplicar no mesmo lado do coração). Apliquei o hormônio no quadril... e fiquei prontinho pra noite. Amy não ficaria mais uma vez decepcionada. Ela não teria mais motivos pra se preocupar. Se meu problema tivesse sido psicossomático ou real, resultado de tensão ou de excesso de Joyce, hoje eu não teria nenhum deles. Eu faria Amyzinha se comportar por uma semana inteira.

Subi até o quarto e dormi. Acordei ao meio-dia, quando os alarmes da refinaria começaram a apitar; então dormi novamente e acordei às duas. Algumas vezes — na maioria das vezes, na verdade — eu me sentia cansado mesmo depois de ter dormido umas dezoito horas. Bem, não exatamente cansado, mas detesto ter que levantar. Só quero ficar na cama, sem ver nem conversar com ninguém.

Mas, naquele dia, foi diferente. Foi o oposto. Quis tomar banho logo e sair pra fazer alguma coisa.

Tomei um banho demorado e fiz a barba debaixo da água gelada, porque a droga tinha batido com força. Vesti uma camisa rosada, uma gravata-borboleta nova, preta, e tirei do armário um terno azul recém-passado.

Preparei o meu almoço, comi um pouco e telefonei para a casa do xerife Maples.

A esposa dele atendeu. Ela disse que Bob não se sentia bem e que o médico tinha recomendado que ficasse de cama por um ou dois dias. Que ele estava dormindo e que seria péssimo ter que acordar o marido. Mas, se fosse algo importante...

"Só queria saber como ele está", respondi. "Pensei em fazer uma visita rápida."

"Puxa, é muita bondade sua, Lou. Vou dizer pra ele que você telefonou assim que ele acordar. Se ele não estiver melhor, talvez você possa vir amanhã."

"Tá bom", respondi.

Tentei ler um pouco, mas não consegui me concentrar. Tinha o dia inteiro de folga e não sabia o que fazer. Não dava pra jogar sinuca, nem boliche. Não era uma boa ideia tiras frequentarem salões de sinuca e pistas de boliche. Não era boa ideia que frequentassem bares. Não era boa ideia que fossem vistos no cinema durante o dia.

Talvez passear de carro. Dar uma volta. Era a única possibilidade.

Aos poucos, aquela sensação boa começou a me abandonar.

Peguei o carro e dirigi até o tribunal.

Hank Butterby, o oficial de plantão, lia o jornal com as botas sobre a mesa, a mandíbula mascando tabaco. Perguntou se eu estava com calor e por que eu não tinha ficado em casa, já que era minha folga. Eu respondi, bom, você sabe como é, Hank.

"Parabéns", disse ele, enquanto sacudia o jornal. "Boazinha essa reportagem que escreveram. Eu já ia recortar e guardar pra você."

Aquele filho da mãe cretino sempre fazia isso. Não só com histórias a meu respeito, mas com tudo. Recortava as tirinhas, a previsão do tempo, os poemas imbecis e as colunas sobre saúde. Qualquer coisa que fizesse sombra. Não conseguia ler um jornal sem uma tesoura do lado.

"Sabe o que eu vou fazer?", falei. "Vou autografar pra você. Quem sabe um dia vale alguma coisa."

"Bom", ele deu uma olhada na minha direção e rapidamente voltou a olhar pro jornal, "não quero incomodar, Lou."

"Não é incômodo algum", respondi. "Passa o jornal pra cá." Rabisquei meu nome na margem da página e devolvi pra ele. "Só não conta pra todo mundo", alertei. "Se todo mundo tiver um autógrafo, vai desvalorizar."

Ele olhou pro jornal, olhos vidrados, como se o papel fosse dar uma mordida nele.

"Hã?" E pronto, esqueceu, e engoliu a saliva. "Você acha mesmo...?"

"Faça o seguinte." Apoiei os cotovelos na mesa e sussurrei. "Vá até uma das refinarias e peça um tambor de aço. Então... Você conhece alguém que pode emprestar uma solda?"

"Conheço", ele também sussurrava. "Acho que consigo uma."

"Bom, corte o tambor ao meio, bem na parte de cima, pra fazer uma espécie de tampa. Depois, coloque o recorte autografado ali dentro. O único do mundo, Hank! E solde as duas partes. Daqui a uns sessenta ou setenta anos, leve pra um museu e poderá cobrar uma fortuna."

"Caramba!", exclamou ele. "Guardar num tambor, Lou? Quer que eu pegue um pra você também?"

"Ah, melhor não", falei. "Provavelmente não vou viver tanto tempo."

11

No corredor, me detive diante do escritório de Howard Hendricks. Sentado à mesa, ele me viu e acenou.

"Oi, Lou. Entra, senta um pouco."

Entrei, acenei pra secretária e arrastei uma cadeira pra perto da mesa.

"Acabei de conversar com a esposa do Bob", comentei. "Ele não está muito bem."

"É, eu soube." Ele acendeu um fósforo pro meu charuto. "Bem, não importa. Não tem mais muito o que fazer no caso do Conway. Só podemos esperar, nos preparar caso ele resolva cantar de galo. Mas acho que ele não demora a se resignar com a situação."

"Uma pena a garota ter morrido", falei.

"Ah, não sei, não, Lou", deu de ombros. "Acho que ela só diria coisas que já sabemos. Honestamente, e que fique entre nós, estou até aliviado. Conway não ficaria satisfeito até a garota ser responsabilizada pela coisa toda e acabar na cadeira elétrica. Eu odiaria participar disso."

"É", respondi. "Isso teria sido terrível."

"Mas é claro que eu não teria escolha, Lou. Se ela tivesse sobrevivido. Sem dúvida, afogaria a garota em processos."

Ele estava inclinado pra trás, em uma postura amigável, por causa do nosso desentendimento do dia anterior. Ali, eu era um velho amigo, e ele me revelava seus sentimentos mais profundos.

"Howard, será que..."

"O que, Lou?"

"Bem, acho melhor ficar quieto", hesitei. "Talvez você não perceba as coisas como eu."

"Ah, acredito que percebo, sim. Sempre achei que temos muito em comum. O que você ia dizer?"

Por um segundo, os olhos dele se desviaram dos meus, e a boca fez um movimento involuntário. Eu sabia que a secretária havia piscado pra ele.

"Bem, é o seguinte", falei. "Sempre entendi que fôssemos uma grande família feliz por aqui. Nós, oficiais que trabalhamos pro estado..."

"Sei. Uma grande família feliz." Ele desviou o olhar de novo. "Prossiga, Lou."

"Sempre fomos irmãos de famílias diferentes..."

"Sim."

"Estamos todos no mesmo barco, e todos precisamos fazer a nossa parte e remar juntos."

A garganta dele pareceu inchar, e Howard tirou um lenço do bolso. Então, ele girou na cadeira, ficou de costas pra mim, tossiu, engasgou e pigarreou. Ouvi a secretária se levantar e correr pra fora. Ouvi os *tac tacs* dos saltos pelo corredor, cada vez mais rápidos na direção do banheiro feminino, até quase correr.

Torci pra que ela mijasse nas calças.

Torci pra que o estilhaço debaixo das costelas dele perfurasse o pulmão. O estilhaço havia custado um rio de dinheiro dos contribuintes. Ele conseguiu o cargo só porque falava do estilhaço. Não porque prometeu limpar o condado e fazer com que todos recebessem o que mereciam. Conseguiu tudo só por causa do estilhaço.

Finalmente, ele se reergueu e virou na minha direção, e eu disse que era melhor ele cuidar do resfriado.

"Vou te falar o que sempre faço", continuei. "Bebo a água de uma cebola fervida com um limãozão dentro. Bem, talvez um limão médio e um pequeno se..."

"Lou!", interrompeu ele, brusco.

"Sim?"

"Agradeço a preocupação e o interesse, mas preciso te pedir que chegue logo ao ponto. O que queria me dizer?"

"Ah, não era nada..."

"Por favor, Lou!"

"Bem, o que eu queria saber é..."

E contei pra ele. O mesmo que Rothman ficou matutando. Usei minhas próprias palavras, falei devagar, com calma, de um jeito quase esquisito. Isso deixaria o cara preocupado. Mais do que com rastros de pneus furados. E a maravilha disso tudo é que a única coisa que ele poderia fazer a respeito era se preocupar.

"Jesus", disse ele, devagar. "Está bem na cara, não é? Debaixo do nosso nariz, é só pensar um pouco. É uma daquelas coisas tão óbvias que nem prestamos atenção. Não importa a que conclusão cheguemos, ele só poderia ter matado a garota depois de morto. Só depois de não poder fazer isso!"

"Ou vice-versa", falei.

Ele limpou a testa, interessado, mas com uma aparência abatida. Preparar uma armadilha com rastros de pneus pra pegar o velho e estúpido Lou era uma coisa. Tinha a ver com o ritmo dele. Mas isso tirou o cara do eixo.

"Sabe o que significa, Lou?"

"Bem, não significa necessariamente isso", respondi, e dei uma saída pra ele. Refiz o discurso sobre mortes bizarras que havia feito pro Rothman. "Provavelmente foi o que aconteceu. Uma dessas coisas esquisitas que ninguém consegue explicar."

"É", concordou. "Claro. Só pode ser isso. Você... hã... não conversou sobre esse assunto com mais ninguém, não é, Lou?"

Neguei com a cabeça.

"Foi uma ideia que me ocorreu agora há pouco. Claro, se o Conway ainda estiver puto da vida quando voltar, eu..."

"Eu não faria isso, Lou. Não acho que seria muito esperto."

"Acha melhor que eu conte pro Bob primeiro? Ah, eu já ia fazer isso. Não escondo nada do Bob."

"Não, Lou", disse ele. "Não foi o que eu quis dizer. O Bob não está bem. Já levou uma sacudida do Conway. Acho que não devemos incomodar o Bob com isso. Com uma coisa que, como você mesmo disse, não tem consequência nenhuma."

"Bem", respondi, "se não vai dar em nada, não entendo por que..."

"É melhor deixar o assunto entre nós por enquanto, Lou. Vamos ver o que acontece. Afinal, o que podemos fazer? Esse caso não tem mais nada a oferecer."

"É, acho que não", falei. "Provavelmente não vai dar em mais nada."

"Exato! Eu não teria dito melhor."

"Vou contar o que eu faria", disse eu. "Não seria difícil rastrear todos os sujeitos que visitavam a garota. Não deve passar de uns trinta ou quarenta, ela era uma garota cara. Nossos rapazes, eu e o Bob, podíamos reunir todos e você podia..."

Queria que você visse o quanto ele suava. Interrogar trinta ou quarenta cidadãos de bem seria muita sarna pra delegacia coçar, pra todos nós. Howard seria o responsável por analisar as provas e acusar todo mundo. Quando tudo acabasse, ele é que estaria acabado. Não conseguiria um cargo nem na carrocinha, mesmo que estilhaços começassem a sair de seus olhos.

Bem, na verdade, eu não queria que ele fizesse nada que não estivesse disposto a fazer. O caso estava encerrado, Elmer Conway já era, e deixar tudo como estava era uma ótima ideia. Então, já que era assim, e era hora do jantar, permiti que ele me convencesse. Eu disse que não entendia nada dessas coisas e que agradecia por ele me fazer pensar direito. E foi assim que acabou. Ou quase.

Passei pra ele minha receita pra curar tosse.

Entrei no carro assoviando. No fim das contas, a tarde tinha sido agradável e foi muito divertido falar aquelas coisas.

Dez minutos depois eu passava pela Derrick Road fazendo o retorno de volta pra cidade.

Não sei por quê. Bem, sei sim. Ela era a única pessoa com quem eu podia conversar, que entenderia o que eu queria dizer. Mas sabia que ela não estava lá. Sabia que nunca mais estaria lá, ou em qualquer outro lugar. Ela estava morta. Então... eu não sei por quê.

Fui em direção à cidade, a caminho da velha casa de dois andares e do celeiro onde os ratos chiavam. E eu disse: "Me desculpe, docinho". Disse em alto e bom som. "Nunca vai saber o quanto me arrependo." Depois falei: "Você entende, não é? Mais alguns meses e eu não seria capaz de me conter. Teria perdido o controle e...".

Uma borboleta pousou no para-brisa e voou pra longe. Continuei a assoviar.

Como foi agradável aquela tarde.

Quase não tinha mais comida em casa, então parei na mercearia e comprei algumas coisas, incluindo um bife pro jantar. Fui pra casa, preparei uma bela refeição e comi até limpar o prato. O complexo-B cumpria sua função. As outras coisas também. Comecei a ficar empolgado pra ver a Amy. Comecei a desejá-la muito.

Lavei e sequei os pratos. Limpei o chão da cozinha, tarefa que não tive pressa em realizar. Torci o esfregão e pendurei na varanda dos fundos, voltei pra sala e olhei pro relógio. Os ponteiros pareciam não ter se movido. Ainda demoraria algumas horas até ela ter coragem de sair de casa.

Eu não tinha mais nada pra fazer, então enchi uma xícara de café até a borda e fui ao escritório do pai. Apoiei a xícara na mesa dele, acendi um charuto e comecei a olhar as fileiras de livros.

O pai sempre disse que tinha dificuldade em separar a ficção do que se costuma chamar de fatos, sem ler ficção. Dizia que a ciência já era confusa sem ser zombada pela religião. Ele dizia coisas assim, mas dizia também que a ciência poderia ser uma religião, que uma cabeça aberta sempre corria o risco de se tornar estreita. Então, havia vários livros de ficção nas prateleiras, bem como de literatura bíblica, talvez o mesmo tanto que alguns ministros da igreja tinham.

Eu tinha lido alguns livros de ficção. Nem cheguei perto do restante. Ia à igreja e à escola dominical, por causa da vida que eu levava, mas não passava disso. Porque crianças são crianças. Isso pode parecer óbvio, mas muitos que se consideram grandes pensadores não se atentaram a esse fato. Uma criança ouve quando adultos xingam, então ela xinga também. Ela não entende se você diz que isso é errado. Ela é leal e, se você xinga, então pra ela xingar não deve ser um problema.

Enfim, como eu dizia, nunca mexi na literatura religiosa que havia em casa. Mas naquele dia resolvi dar uma olhada. Já tinha lido quase todo o resto. E pensei que, já que ia vender a casa, era melhor verificar se não tinha algo valioso.

Peguei um volume encadernado com couro que parecia a Bíblia e soprei a poeira da capa. Levei até a mesa e abri; na verdade, o livro meio que se abriu sozinho assim que o coloquei sobre a mesa. E, entre as páginas, havia uma foto pequena, dois por quatro.

Peguei a fotografia, virei o verso e depois pro lado da imagem novamente. Virei de lado e de ponta-cabeça — o que pensei que fosse de ponta-cabeça. E meio que sorri como um homem faz quando está curioso e intrigado.

Era o rosto de uma mulher, não exatamente bonito, mas com o estilo que atrai sem muita explicação. Não conseguia entender onde ela estava ou o que fazia. De imediato, parecia que ela espiava pela forquilha de uma árvore, um bordo esbranquiçado, com dois galhos que se afunilavam no tronco. As mãos seguravam nos galhos, como se tentasse separá-los e... Mas eu sabia que tinha alguma coisa errada. Porque o tronco estava dividido logo na base, e havia tocos de galhos cortados quase tangentes aos outros.

Esfreguei a foto na minha camisa e olhei de novo. O rosto era familiar. A imagem começou a voltar de algum lugar distante, como se saísse de um esconderijo. Mas era velha, a foto, digo, e tinha partes borradas — por causa do tempo, imagino — sobre o que quer que fosse o objeto por onde a mulher olhava.

Peguei uma lupa e analisei a imagem. Virei de ponta-cabeça mais uma vez, porque era a posição correta. Então, soltei a lupa e joguei a foto pra longe. Sentei e fiquei olhando pro vazio. Pra tudo e pra nada.

Ela realmente olhava por uma abertura. Mas era pelo meio das próprias pernas.

Ela estava ajoelhada, e espiava por entre as pernas. E o borrado nas coxas não era coisa de foto velha. Eram cicatrizes. A mulher era Helene, a antiga governanta da casa do papai.

Pai...

12

Fiquei parado por alguns minutos, sentado, e, enquanto olhava pro nada, voltei a presenciar um mundo inteiro esquecido, principalmente meus dias de infância. *Ela* voltou pra minha cabeça, a governanta, pois ela havia estado presente em boa parte daquele período da minha vida.

"Quer brigar, Helene? Quer aprender boxe...?"

E:

"Ah, estou cansada. Você só me bate...".

E:

"Mas você vai gostar, neném. Todo garoto crescidinho faz isso...".

Revivi tudo aquilo e fui até o final. Aquele dia terrível, quando me agachei ao pé das escadas, atordoado de medo e vergonha, assustado, com toda a dor das primeiras e únicas chicotadas da minha vida; escutava as vozes baixas, cheias de fúria, as vozes raivosas e desdenhosas que vinham da biblioteca.

"Não tem o que discutir, Helene. Você vai embora hoje. Agradeça por eu não prestar queixa contra você."

"Ah, é? Quero ver se tem coragem!"

"Meu Deus, Helene! Como pode fazer uma coisa dessas?"

"Ficou com ciúmes?"

"Você... ele é só uma criança, e..."

"Sim! Isso mesmo! Só uma criança. Por que não lembra disso? Escute, Daniel, eu..."

"Não diga, por favor. A culpa é minha. Se eu não tivesse..."

"Isso já te machucou? Você machucou alguém? Não. Na verdade, preciso perguntar: você está perdendo o interesse?"

"Mas uma criança! Meu filho. Meu único filho. Se alguma coisa acontecesse..."

"Isso mesmo. É isso que tá te incomodando, não é? Não ele, mas você. Como isso poderia refletir em você."

"Saia daqui! Uma mulher sem o mínimo de bom senso, parece uma..."

"Uma rameira. Era isso que ia dizer, não é? Ralé. Longe de ser uma dama. Não tem problema, quando vejo um filho da mãe hipócrita como você, fico feliz da vida!"

"Vai embora, senão eu te mato!"

"Ah, tá! Pense na desonra, doutor... Agora, preste muita atenção..."

"Sai!"

"É uma coisa que você, mais do que qualquer um, devia saber. Isso não precisava dar em nada. Em nadinha. Mas agora vai dar. Você está reagindo do pior jeito possível. Você..."

"Eu... por favor, Helene."

"Você nunca vai matar ninguém. Não você. Você é arrogante, orgulhoso e esnobe demais. Gosta de machucar as pessoas, mas..."

"Não!"

"Ah, sim. Eu que sou errada. Você é o grande e bom dr. Ford, e eu sou uma pé de chinelo, e isso faz de mim uma pessoa errada... espero."

E foi isso.

Tinha me esquecido e, agora, voltei a esquecer. Algumas coisas precisam ser esquecidas quando se quer seguir com a vida. E, por algum motivo, eu queria, queria mais do que nunca. Se o bom Deus cometeu algum erro conosco foi nos fazer querer viver quando mal temos motivo pra isso.

Coloquei o livro de volta na estante. Levei a foto até o laboratório, queimei e lavei as cinzas na pia. Mas a foto demorou a queimar, ou, pelo menos, foi o que pareceu. E não pude evitar de notar algo: como ela era parecida com a Joyce. Como também tinha uma semelhança inacreditável com Amy Stanton.

O telefone tocou, limpei as mãos nas calças e atendi, olhando pro meu reflexo na porta espelhada do laboratório — um sujeito com gravata-borboleta preta e camisa rosada, com as calças presas nos canos das botas.

"Aqui é Lou Ford."

"Lou, é o Howard. Howard Hendricks. Escute, preciso que venha até aqui agora mesmo... isso, no tribunal."

"Olha, não vai dar", respondi. "Eu meio que tenho..."

"Ela vai ter que esperar, Lou. É importante!" Pelo jeito como estava agitado, só podia ser verdade. "Lembra o que conversamos hoje à tarde? Sobre a, você sabe, a possibilidade de o assassino ser outra pessoa? Bem, estávamos certos. Acertamos em cheio."

"Sei!", respondi. "Mas eu não posso agora, quer dizer..."

"Pegamos ele, Lou! Pegamos o filho da mãe! Pegamos o canalha e..."

"Quer dizer que alguém confessou? Droga, Howard, sempre tem um maluco que confessa alguma..."

"Ele não admitiu nada! Nem abriu a boca! Por isso precisamos de você. Não podemos, hã, obrigar o sujeito a nada, mas você pode fazê-lo confessar. Você pode amaciar o sujeito. Acho até que conhece ele."

"Quem é?"

"Johnnie Pappas, filho do Grego. Vocês se conhecem; ele já se meteu em confusão antes. Agora, venha pra cá, Lou. Já falei com o Chester Conway, ele vai pegar um avião em Fort Worth amanhã de manhã. Você ganhou todo o crédito. Falei pra ele que trabalhamos juntos nessa hipótese e que sempre soubemos que Elmer era inocente e... ele está feliz pra caramba, Lou. Escuta, se a gente conseguir uma confissão desse rapaz..."

"Estou indo. Vou agora mesmo, Howard."

Desliguei o telefone e fiquei tentando entender o que havia acontecido, o que poderia ter acontecido. Então, liguei pra Amy.

Os pais dela ainda estavam acordados, ela não podia falar muito; o que foi ótimo. Expliquei que realmente queria vê-la — e queria mesmo — e que não ia demorar.

Desliguei, peguei a carteira e espalhei as notas pela mesa.

Não tinha nenhuma nota de vinte que era minha, só as vinte e cinco notas que Elmer tinha me dado. E quando vi que cinco delas haviam sumido, quase caí de joelhos. Então, lembrei que usei quatro em Fort Worth, na passagem de trem, e que só havia usado uma aqui na cidade, onde faria diferença. Só uma... a que entreguei a Johnnie Pappas.

Entrei no carro e dirigi até o tribunal.

O oficial Hank Butterby me lançou um olhar amargurado, e havia outro oficial com ele, Jeff Plummer, que piscou pra mim ao me cumprimentar. Então, Howard apareceu, me pegou pelo cotovelo e me puxou até o escritório.

"Demos sorte, Lou!" Ele quase babava de empolgação. "Escuta, presta atenção, vou dizer o que você precisa fazer. Vai devagar, com calma, faça o rapaz baixar a guarda; então, aumente a pressão. Diga que se ele cooperar não será indiciado por homicídio doloso. Claro que é impossível, mas é uma promessa sem compromisso legal. Caso contrário, ele pega a cadeira elétrica. Pode dizer. Ele tem dezoito anos, um pouco mais até, e..."

Olhei pro Howard. Ele interpretou o olhar do jeito errado.

"Ah, caramba", disse ele, e cutucou o dedão nas minhas costelas. "Quem sou eu pra dizer como você deve conduzir um interrogatório, né? Eu sei como você resolve essas coisas. Eu sei que..."

"Você ainda não me contou nada", respondi. "Sei que o Johnnie pode ser um problema, mas não vejo um assassino no garoto. Como chegou até ele?"

"Como? Encontrando", hesitou. "Escute, a situação é a seguinte, Lou: Elmer levou dez mil dólares até a casa daquela putinha. Era o combinado. Mas, quando contamos, faltavam quinhentos dólares..."

"Ah!", exclamei. Foi como se eu tivesse entendido. Elmer, aquele maldito, não queria admitir que não era dono do próprio dinheiro.

"Bom, então Bob e eu pensamos que provavelmente Elmer tinha perdido a grana em algum jogo de azar ou algo assim. Mas as notas eram marcadas, e o velho já havia avisado os bancos locais. Se ela resolvesse ficar na cidade depois do pagamento, ele a acusaria de chantagem... Conway é muito esperto! Muito mais do que as pessoas pensam!"

"Parece que quem não foi muito esperto fui eu", falei.

"Não, Lou", ele me deu tapinhas nas costas. "Não diga isso. Confiamos plenamente em você. Mas o plano era do Conway e, bem, *você* estava nas redondezas, Lou, e..."

"Deixa pra lá", falei. "Johnnie usou a grana?"

"Uma nota de vinte. Usou em uma farmácia ontem à noite e foi ao banco hoje de manhã. A nota foi rastreada até chegar nele há algumas horas, e fomos atrás do rapaz. Então..."

"Como sabe que o Elmer não gastou a grana e as notas começaram a circular?"

"Não apareceu mais nenhuma. Só essa de vinte. Então... Espere, Lou. Só um minuto. Me deixe explicar tudo direitinho, pra ganhar tempo. Eu estava bastante receptivo à ideia de que o rapaz conseguiu a grana por acaso. Ele recebe em dinheiro no posto de gasolina e foi exatamente vinte dólares o que ele ganhou pelas duas noites. Confere, certo? Ele poderia ter recebido a nota de vinte e ficado com ela como pagamento. Mas ele não confirmou nada disso, não disse nada, porque ele não tem justificativa nenhuma. Poucos carros param no Murphy entre meia-noite e oito da manhã. Ele lembraria de alguém que entregasse uma nota de vinte. Poderíamos ter investigado o cliente, ou os clientes, e o garoto estaria em casa agora. *Se* fosse inocente."

"Talvez a nota já estivesse no caixa antes de ele começar o turno."

"Tá brincando? Uma nota de vinte, pra dar troco?" Hendricks sacudiu a cabeça. "Seria impossível mesmo que Slim Murphy não tivesse jurado de pés juntos. Mas calma, não se preocupe! Verificamos o Murphy, o álibi dele confere. O garoto... nada. Ninguém sabe por onde andou das nove às onze da noite de domingo. Nós ainda não sabemos, ele não fala... Ah, Lou, é bem evidente, não importa como você analise a situação. Pense nas mortes, a garota foi transformada em geleia. É fácil um garoto perder a cabeça e fazer aquilo. E o dinheiro. Só quinhentos roubados, dos dez mil. Ele ficou impressionado com tanta grana, pegou o primeiro punhado que viu e deixou o resto. De novo, coisa de garoto."

"É. É, acho que tem razão, Howard. Acha que ele escondeu o resto em algum lugar?"

"Isso, ou ficou com medo e jogou fora. Ele tá prontinho, Lou. Rapaz, nunca vi nada tão perfeito. Se ele morresse agora mesmo, eu consideraria justiça divina, e olha que não sou religioso!"

Bom, ele já tinha falado tudo. Estava tudo provado, sem sombra de dúvidas.

"É melhor começar, Lou. Ele tá em banho-maria. Ainda não o autuamos, e não vamos fazer isso até ele confessar. Não vou permitir que algum advogadinho de porta de cadeia informe os direitos ao garoto a essa altura do campeonato."

Hesitei. Então, disse:

"Não, acho que não seria boa ideia. Não ganharíamos nada com isso... Bob sabe que o garoto está aqui?".

"Pra que incomodar o Bob? Ele não pode ajudar em nada agora."

"Bem, só pensei que talvez fosse justo avisá-lo. Se importa se eu..."

"Talvez fosse justo?", ele franziu a testa. "Por que não seria?... Ah, eu sei como você se sente, Lou. É só um garoto, e você conhece o moleque. Mas ele é um assassino, Lou, sangue-frio. Não se esqueça disso. Pense em como aquela pobre coitada se sentiu enquanto apanhava. Você viu a garota. Viu como ficou a cara dela. Parecia carne de ensopado, um hambúrguer..."

"Chega", pedi. "Pelo amor de Deus!"

"Claro, desculpe, Lou." Ele apoiou o braço nos meus ombros. "Sinto muito. Esqueço que você não está acostumado com coisas tão pesadas. Mas, e então?"

"Então vamos acabar logo com isso."

Desci as escadas até as celas do subsolo. O carcereiro me deixou passar pelo portão e o trancou logo em seguida; passamos pela cela de detenção e pelas normais até chegarmos a uma porta de aço reforçada. Tinha uma portinhola no meio, e espiei por ali. Mas não vi nada. Era impossível manter uma lâmpada na cela, mesmo com vários tipos de proteção em torno dela. E a janela, que ficava dois terços abaixo do chão, não permitia a entrada de muita luz natural.

"Quer uma lanterna, Lou?"

"Não precisa", respondi. "Dá pra ver tudo o que preciso."

Ele abriu a porta, apenas alguns centímetros, deslizei pra dentro e o carcereiro a fechou logo em seguida. Fiquei de costas pra porta por alguns instantes, pisquei muito, e ouvi um chiado e o som de algo arrastando; então, uma sombra se levantou e veio na minha direção.

Ele caiu nos meus braços, e eu o segurei; bati em suas costas num gesto de conforto.

"Tá tudo bem, Johnnie. Vai dar tudo certo."

"Jesus, Lou. Jesus, Jesus Cristo. Eu sabia... Eu sabia que você ia aparecer, que iam te chamar. Mas demorou tanto, tanto tempo que pensei que talvez... Talvez... você..."

"Você me conhece, Johnnie. Sabe que me importo com você."

"E-eu sei." Ele puxou o ar longamente, e soltou devagar; como um homem que alcança a terra depois de nadar muito. "Tem um cigarro, Lou? Esses filhos da mãe pegaram os meus..."

"Calma", respondi. "Estavam só cumprindo o dever deles, Johnnie. Aqui, vamos fumar um charuto."

Nos sentamos um do lado do outro na cama parafusada, e estendi um fósforo pra acender os charutos. Sacudi o fósforo, ele deu uma baforada, eu também, e nossos rostos foram iluminados pelo brilho, que logo se desfez.

"Isso vai matar o velho do coração." Ele riu, quase descontrolado. "Acho... Ele vai descobrir, não vai?"

"Sim", confirmei. "Infelizmente, ele vai ter que saber, Johnnie."

"Quando posso ir embora?"

"Daqui a pouco. Não vai demorar", respondi. "Aonde você foi domingo à noite?"

"No cinema." Ele deu uma baforada forte no charuto e vi que sua mandíbula se preparou pra abrir. "Isso faz alguma diferença?"

"Você sabe o que estou perguntando, Johnnie. E depois do filme? Da hora que saiu do cinema até começar seu turno?"

"Bem", ele deu uns tragos no charuto, *puf, puf*, "Não entendo pra que saber isso. Não perguntei aonde você... *puf*... aonde você..."

"Pode perguntar", falei. "Não tenho problema em responder. Tô começando a achar que você não me conhece tão bem quanto pensei, Johnnie. Sempre fui honesto com você, não fui?"

"Ah, caramba, Lou", disse ele, envergonhado. "Você sabe que gosto de você... Mas, tá certo, eu ia acabar contando cedo ou tarde, de qualquer jeito. Então — *puf* — o que aconteceu foi o seguinte, Lou. Eu disse pro meu velho que tinha combinado de sair com uma garota na quarta, mas os pneus do carro não estavam bons, então eu precisava comprar uns decentes e baratos, e que eu pagaria aos poucos, até receber a minha grana. E..."

"Deixa eu ver se entendi", interrompi. "Você precisava de pneus pro seu carro e tentou pedir dinheiro emprestado pro seu pai?"

"Isso! Exatamente. E sabe o que ele disse, Lou? Que eu não precisava de pneus, que eu saio demais. Ele disse que eu devia levar a garota lá pra casa e que a mãe faria sorvete caseiro pra ela, e a gente jogaria baralho ou algo assim! Pelo amor de Deus!" Ele balançou a cabeça, espantado. "Como pode ser tão idiota?"

Ri, de leve.

"Mas conseguiu os pneus mesmo assim?", perguntei. "Roubou de algum carro?"

"Bem, é... pra falar a verdade, Lou, roubei quatro. Não era minha intenção, mas eu sabia que podia vender os outros dois e... sabe..."

"Entendi. A garota se fazia de difícil e você não queria desperdiçar a oportunidade, né? Gostosinha ela?"

"Nossa! Sabe como é, Lou. Ela é dessas que fazem você babar, dá vontade de ir atrás dela pela cidade toda."

Ri de novo, ele riu também. Então, de repente, ficamos em completo silêncio, e Johnnie continuou.

"Conheço o dono do carro, Lou. Assim que tudo se resolver, vou mandar a grana dos pneus pra ele."

"Tudo bem. Não se preocupe."

"Nós já... Quer dizer... Posso?"

"Só mais um pouquinho", respondi. "Já vamos liberar você, Johnnie. Só precisamos resolver algumas formalidades primeiro."

"Rapaz, vai ser ótimo sair daqui! Por Deus, Lou, não sei como alguém suporta isso! Eu enlouqueceria aqui dentro."

"Qualquer um enlouqueceria. Todo mundo enlouquece... É melhor se deitar um pouco, Johnnie. Pode se esticar aqui na cama, a gente precisa conversar mais um pouco."

"Mas..." — ele se virou lentamente na minha direção, tentou ver o meu rosto.

"É melhor, sério. O ar fica ruim se nós dois estivermos sentados."

"Ah", disse ele. "Tá bom." Ele se deitou. Suspirou profundamente. "Puxa, assim é melhor. Faz muita diferença. Engraçado, não é, Lou? Ter alguém pra conversar, quero dizer. Alguém que gosta de você e te entende. Se você tiver isso, aguenta qualquer problema."

"Sim", concordei. "Faz muita diferença e... Bem, enfim. Você não contou que fui eu quem deu aquela nota de vinte pra você, contou, Johnnie?"

"Claro que não! O que pensa que eu sou? Pro inferno com eles."

"Por que não?", perguntei. "Por que não contou?"

"Bom...", as tábuas sob o colchão rangeram, "bem, pensei, ah, você sabe, Lou. Elmer frequentava uns lugares esquisitos e pensei que talvez... Poxa, eu sei que você não ganha bem, mas sempre tem grana, é generoso com gorjetas, então pensei que, bem, talvez alguém te pagasse um extra..."

"Entendi. Não aceito propina, Johnnie."

"E quem falou em propina?", senti ele dar de ombros. "Quem disse isso? Eu só não queria que eles enchessem o seu saco até você pensar em alguma, bem, até você lembrar onde conseguiu o dinheiro."

Me calei por um minuto. Fiquei lá, sentado, e pensei nele, nesse garoto que todo mundo dizia que não prestava, além de outras pessoas que eu conhecia. Finalmente eu disse:

"Preferia que não tivesse feito isso, Johnnie. Você fez a coisa errada".

"Quer dizer que vão ficar putinhos?", resmungou ele. "Pro inferno com eles. Por mim, podem cair mortos. Você é o único que presta, Lou."

"Sou? Como sabe, Johnnie? Como alguém pode saber de qualquer coisa? A gente vive em um mundo estranho, garoto, numa civilização peculiar. A polícia faz o papel do bandido e os bandidos fazem o trabalho da polícia. Políticos são pregadores e pregadores são políticos. Coletores de impostos coletam pra eles mesmos. Os bandidos querem que a gente tenha mais grana, e os mocinhos lutam pra que a gente fique sem. Isso não é bom, entende? Se todo mundo tivesse tudo o que quisesse comer, haveria mais merda no mundo, sacou? O papel higiênico ficaria mais caro. É assim que eu entendo as coisas. O mundo é mais ou menos assim, é o que tenho ouvido por aí."

Ele riu e jogou a ponta do charuto no chão.

"Caramba, Lou, tô adorando isso que você tá falando. Você nunca teve essas conversas comigo. Mas já está tarde e..."

"É, Johnnie, é um mundo maluco e cruel, e, infelizmente, sempre vai ser assim. E vou dizer por quê. Porque ninguém, quase ninguém, vê problema nisso. Ninguém vê que está tudo de ponta-cabeça, portanto ninguém se preocupa. As pessoas se preocupam só com gente como você.

"Se preocupam com os caras que gostam de beber e bebem. Os caras que vão atrás de um rabo de saia no sábado e na igreja no domingo. Homens que sabem o que querem e não aceitam não como resposta... As pessoas não gostam de gente assim e então descem a lenha, e, na minha opinião, a lenha vai descer cada vez mais pesada. Você pode me perguntar por que continuo aqui, já que conheço o jogo, e é difícil de explicar. Acho que tenho um pé em cada lado da cerca, Johnnie. Faço isso desde sempre e criei raízes, e já não posso me mexer, não posso escolher um dos lados. Só posso esperar até rasgar. Bem ao meio. É tudo o que posso fazer e... Mas você, Johnnie. Bem, talvez tenha feito a coisa certa. Talvez seja melhor assim. Porque teria sido cada vez mais difícil, garoto, cada vez mais, e eu sei que nunca foi fácil."

"Eu... eu não..."

"Fui eu que matei a garota, Johnnie. Matei os dois", sussurrei. "Não diga que isso é impossível, que não sou esse tipo de sujeito, porque você não sabe de nada."

"Eu..." Ele se levantou, apoiado no cotovelo, e voltou a deitar. "Aposto que você teve um bom motivo, Lou. Aposto que eles mereciam."

"Ninguém merece uma coisa dessas. Mas, sim, tive meus motivos."

Aos poucos, ao longe, como o uivo de um fantasma, os alarmes da refinaria tocaram pra marcar a troca de turno. Imaginei os operários a caminho do trabalho, e os outros a caminho de casa. Jogando as lancheiras nos bancos dos carros. Dirigindo até seus lares e brincando com os filhos, bebendo cerveja, assistindo à televisão, bulinando as esposas e... Como se nada estivesse acontecendo. Como se um garoto não estivesse morrendo e um homem, uma parte de um homem, morrendo com ele.

"Lou..."

"É isso, Johnnie."

Foi uma declaração, não uma pergunta.

"T-tá me d-dizendo q-que eu vou levar a culpa por você? Eu..."

"Não", disse eu. "Sim."

"Eu a-a-acho que não... não consigo, Lou! Ah, Jesus, não posso! Não posso passar por isso..."

Ajudei o garoto a deitar no colchão. Acariciei sua cabeça, dei um soco amigável no queixo e o coloquei de volta no lugar.

"Há tempos de paz e tempos de guerra. Tempo de semear e tempo de colher. Tempo pra viver e tempo pra morrer."

"Lou..."

"Isso vai doer mais em mim", falei, "do que em você."

Então, apertei a traqueia dele com uma das mãos. Com a outra, alcancei seu cinto.

Dei umas batidinhas na porta e, um minuto depois, o carcereiro apareceu. Ele abriu a porta, deslizei pra fora, e ele a fechou novamente.

"O rapaz deu trabalho, Lou?"

"Não. Foi tudo tranquilo. Acho que resolvemos o caso."

"Ele vai confessar?"

"Eles sempre confessam", dei de ombros.

Fui até o andar de cima e disse a Howard Hendricks que conversei bastante com Johnnie e que, na minha opinião, ele confessaria sem problemas.

"Apenas deixe ele em paz por uma ou duas horas", pedi. "Fiz tudo o que pude. Se ele não ouvir a voz da razão agora, não vai ouvir nunca mais."

"Com certeza, Lou, com certeza. Conheço sua reputação. Quer que eu te telefone depois que eu falar com o rapaz?"

"Claro, por favor. Estou curioso pra saber se ele vai confessar."

13

Tenho o hábito de vagar pelas ruas às vezes, me recostar na frente de alguma loja, chapéu empurrado pra trás e as pernas cruzadas com uma bota por cima da outra. Cara, se você passou por essas bandas, provavelmente já me viu. Eu fico assim, parecendo ao mesmo tempo amigável, pacífico e idiota, como se eu não me importasse com nada. E gargalho por dentro o tempo todo. Só de observar as pessoas.

Sabe do que eu tô falando? Os casais, maridos e esposas que andam juntos por aí. As mulheres gordas e altas com os magrelos baixinhos. As esposas franzinas e os maridos gordões. As damas de rosto quadrado e os cavalheiros sem queixo. As maravilhas de pernas arqueadas e os milagres com joelhos curvados pra dentro. Isso... eu rio — por dentro, claro — até minha barriga doer. É quase tão satisfatório quanto chegar a um almoço da Câmara do Comércio bem quando alguém se levanta, limpa a garganta algumas vezes e diz: "Cavalheiros, não podemos esperar receber da vida mais do que oferecemos..." (Qual a probabilidade disso?) E acho que aquelas coisas, elas, as pessoas, aquelas pessoas incompatíveis não são motivo de risada. Elas são trágicas, na verdade.

Elas não são burras, não mais do que a maioria. Não juntaram os trapos só pra fazer um palhaço como eu chorar de rir. Na verdade, acho que a vida pregou uma grande peça nelas. Houve um momento, talvez poucos minutos, em que todas as diferenças se dissiparam e elas se tornaram exatamente aquilo o que o outro desejava. Um momento em que se olharam ao mesmo tempo, no lugar certo e sob as circunstâncias certas. E tudo pareceu perfeito. Eles tiveram esse momento — esses poucos minutos — e depois, nunca mais. Mas, enquanto o momento durou...

* * *

...Tudo parecia normal, como sempre. As cortinas estavam cerradas e a porta do banheiro entreaberta, o suficiente pra deixar entrar um pouco de luz. E ela dormia, deitada de bruços. Tudo parecia normal... Mas não estava. Era um daqueles momentos.

Ela acordou enquanto eu tirava a roupa. Uns trocados caíram do bolso da calça e rolaram até o rodapé. Ela se sentou na cama, esfregou os olhos e começou a falar. Mas, de alguma maneira, sorriu, e eu sorri de volta. Envolvi ela com meus braços, me sentei na cama e ficamos abraçados. Nós nos beijamos, sua boca abriu um pouco e ela engatou os braços no meu pescoço.

Foi assim que começou. Foi assim que aconteceu.

Até que, por fim, ficamos estendidos, um do lado do outro, o braço dela sobre meu quadril, o meu sobre o dela; mole, seco e quase sem vida. E ainda desejávamos um ao outro — desejávamos alguma coisa. Parecia um começo, e não um fim.

Ela recostou a cabeça no meu ombro e aquilo foi bom. Não senti vontade de empurrá-la pra trás. Ela sussurrou no meu ouvido, meio que com voz de bebê.

"Tô brava. Você me machucou."

"Machuquei?", perguntei. "Puxa, desculpa, benzinho."

"Me machucou bastante. Aqui. Me acertou com o cotovelo."

"Nossa, puxa..."

Ela me beijou e deixou a boca deslizar da minha.

"Não tô brava, não", sussurrou ela.

Então, ficou em silêncio, como se esperasse que eu dissesse alguma coisa. Fizesse alguma coisa. Ela se aproximou, gemeu, com o rosto ainda escondido em meu ombro.

"Aposto que sei de uma coisa..."

"O que, benzinho?"

"Sobre a vasec... a operação."

"O que", perguntei, "o que você acha que sabe?"

"Foi depois do que, depois que o Mike..."

"O que tem o Mike?"

"Querido", ela beijou meu ombro. "Não me importo. Não me interessa. Mas foi naquela época, não foi? Seu pai ficou preocupado e..."

Soltei o ar devagar. Normalmente, eu sentiria muita vontade de apertar o pescoço dela, mas, naquela noite, não foi assim.

"Foi naquela época, se me lembro direito", respondi. "Mas não sei o que isso tem a ver com o resto."

"Querido..."

"Sim?"

"Por que acha que alguém...?"

"Não faço ideia", respondi. "Nunca consegui entender."

"Algumas mulheres... Aposto que você acharia horrível se..."

"Se o quê?"

Ela apertou o corpo contra o meu e senti como ela queimava. Amy começou a tremer e chorar.

"Não, Lou. Não me obrigue a perguntar. É que..."

Então, não a obriguei a perguntar.

Mais tarde, enquanto ela ainda chorava, mas de um jeito diferente, o telefone tocou. Era Howard Hendricks.

"Lou, garoto, você conseguiu! Você amaciou o rapaz!"

"Ele assinou a confissão?", perguntei.

"Melhor do que isso, rapaz! Ele se enforcou! Com o próprio cinto! Isso prova que era culpado. Não precisamos nos incomodar em colocar o garoto na frente de um juiz nem gastar o dinheiro do contribuinte, nada dessa palhaçada! Caramba, Lou, queria estar aí pra apertar a sua mão!"

Ele parou de gritar e tentou diminuir a alegria na voz.

"Enfim, espero que não esquente a cabeça com isso, Lou. Prometa que não vai se sentir culpado. Uma pessoa como aquele garoto não merece viver. É melhor pra todo mundo que ele esteja morto."

"É", falei. "Acho que você tem razão."

Me livrei dele e desliguei o telefone. E, logo em seguida, o telefone voltou a tocar. Dessa vez era Chester Conway, que permanecia em Fort Worth.

"Excelente trabalho, Lou. Maravilhoso. Perfeito! Acho que sabe o que isso significa pra mim. Acho que eu estava errado sobre..."

"Sobre?", perguntei.

"Nada. Não importa... Até mais, rapaz."

Desliguei e o telefone tocou pela terceira vez. Bob Maples. A voz saía do telefone fina e trêmula.

"Eu sei que você gostava do garoto, Lou. Sei que preferia que tivesse sido você no lugar dele."

Eu, no lugar dele?

"Claro, Bob", disse eu. "Preferia mesmo."

"Quer vir aqui conversar um pouco, Lou? Jogar damas ou algo assim? Tenho que fazer repouso, senão eu iria aí te visitar."

"Acho que não, Bob", respondi. "Mas obrigado, obrigado mesmo assim."

"Tudo bem, garoto. Se mudar de ideia, venha pra cá. Não importa a hora, está bem?"

Amy esperava, impaciente e curiosa. Desliguei, me deitei na cama e ela se sentou ao meu lado.

"Pelo amor de Deus! O que foi tudo isso, Lou?"

Contei pra ela. Não a verdade, claro, mas a minha versão da verdade. Ela juntou as mãos.

"Ah, querido! Que maravilhoso. Meu Lou solucionou o caso! Vai receber uma recompensa?"

"Por que receberia?", perguntei. "Só pelo que recebi em diversão já valeu."

"Ah, bom..."

Ela se afastou um pouco e pensei que fosse embora; e acho que é o que ela queria. Mas, na verdade, ela queria algo mais intenso.

"Sinto muito, Lou. Tem todo direito de ficar bravo comigo."

Ela se deitou de novo, de bruços, e abriu os braços e as pernas. Se esticou, esperou e sussurrou:

"Muito, muito bravo...".

Eu sei, claro. Me diga algo que não sei. Diga a um viciado que ele não deve tomar drogas. Diga que ainda vai morrer por causa disso e veja se ele abandona o vício.

Ela conseguiu o que queria.

Custaria caro, mas entreguei o que ela queria. Lou, o honesto, esse era eu. Tio Lou Vai Colocar Fogo no seu Rabo.

14

Aquele exercício todo me fez suar da cabeça aos pés. E, como estava completamente nu, peguei um resfriado daqueles. Mas não foi assim tão ruim. Nada que fosse me deixar o dia inteiro acamado, mas não consegui ir ao trabalho. Precisava ficar em casa por uma semana. Na verdade, foram praticamente umas férias.

Não precisei conversar com todo mundo, nem ouvir perguntas idiotas ou levar tapinhas nas costas. Não precisei ir ao funeral do Johnnie Pappas. Não precisei telefonar pros pais dele, como me sentiria obrigado a fazer em outras circunstâncias.

O pessoal da delegacia passou em casa pra dar um oi, e Bob Maples me visitou umas duas vezes. Ele ainda parecia bastante acabado, parecia ter envelhecido uns dez anos. Não falamos sobre Johnnie — falamos apenas generalidades — e foram visitas agradáveis. Apenas uma coisa que ele falou me deixou preocupado. Foi na primeira visita... não, acho que foi na segunda vez que ele apareceu.

"Lou", perguntou ele, "por que diabos você não cai fora desta cidade?"

"Cair fora?"

Fiquei assustado. Estávamos sentados, em silêncio, fumando e jogando umas frases no ar de vez em quando. E ele soltou essa, do nada.

"Por que eu faria isso?"

"Por que você continua por aqui? Por que sentiu vontade de colocar um distintivo? Por que não virou médico como seu pai, foi ser alguém?"

Sacudi a cabeça e não tirei os olhos da roupa de cama.

"Sei lá, Bob. Acho que sou meio preguiçoso."

"Difícil de acreditar, Lou. Você nunca recusa um trabalho extra. Tem mais horas extras do que qualquer um na delegacia. E olha que, se te conheço bem, você detesta esse emprego. Nunca gostou."

Ele não estava de todo certo, mas entendi o que quis dizer. Havia outras profissões de que eu teria gostado mais.

"Sei lá, Bob... existem vários tipos de preguiça. Tem a não-quero-fazer-nada e tem a cala-a-boca-e-faça. Você aceita um emprego, pensa que vai ficar naquilo só por um tempo e esse tempo se estende pelo resto da sua vida. Também precisa de mais grana antes de pular pra próxima. E não consegue decidir pra qual galho pular. Daí, um dia, você arrisca, entra em contato com algumas pessoas e elas querem saber da sua experiência, o que você sabe fazer. E provavelmente elas não estão nem aí com isso, mas, caso você seja contratado, vai precisar começar por baixo, porque não sabe fazer nada direito. Então, você acaba ficando onde está, segue com a rotina e trabalha bastante porque é o que sabe fazer. Já não é mais jovem e isso é tudo o que você tem."

Bob concordou, balançando a cabeça devagar.

"É... eu meio que sei como é. Mas você não precisava ter passado por isso, Lou! Seu pai podia ter te mandado pra uma faculdade. Já seria um médico hoje em dia."

"Bom", hesitei, "teve aquele problema com o Mike, e o pai teria ficado sozinho, né? E... sei lá, acho que nunca pensei em fazer medicina, Bob. Precisa estudar muito, sabe?"

"Você poderia fazer outras coisas, e dinheiro não te falta. Este terreno pode te render uma bela grana."

"É, mas...", cedi. "Olha, pra falar a verdade, eu tenho pensado bastante em mudar de cidade, Bob, mas..."

"A Amy não quer?"

"Não perguntei ainda. Nunca tocamos no assunto. Mas acho que ela não ia querer."

"Bom...", disse ele calmamente, "é uma pena. Acho que você não gostaria de... é, acho que não. Um homem com a cabeça no lugar não dispensaria a Amy."

Assenti como se tivesse ouvido um elogio, concordando que jamais a abandonaria. E não foi difícil concordar, mesmo sabendo dos meus reais sentimentos em relação a ela. De fora, tudo na Amy era excelente. Era inteligente e tinha uma boa família — coisa que o povo daqui considera importantíssimo. E isso nem era tudo. Quando a Amy passeava pelas ruas, rebolando aquele traseiro redondo, queixo baixo e decote generoso, todo homem com menos de 80 anos babava. Ficavam com o rosto vermelho e esqueciam de respirar, e dava pra ouvir os sussurros: "Cara, se eu colocasse a mão nisso tudo...".

Eu odiava aquela mulher, mas isso não me impedia de me sentir um pouco orgulhoso.

"Está tentando se livrar de mim, Bob?"

"É o que parece, né?", sorriu. "Acho que todo aquele tempo preso dentro de casa me deixou com tempo livre demais. Fiquei pensando em coisas que não são da minha conta. Pensei no quanto fico irritado às vezes quando sou obrigado a fazer o que não quero e, caramba, não sou bom em mais nada exceto ser policial. E pensei que deve ser muito mais difícil pra alguém como você." Ele riu, irônico. "Na verdade, acho que foi você quem me fez pensar nisso, Lou. A culpa é sua."

Mantive minha expressão neutra e então dei um sorrisinho.

"Não quis insinuar nada com isso, Bob. Foi só uma piada."

"Eu entendi", disse ele, tranquilo. "Todo mundo tem as suas pe-cu--li-a-ri-da-des. Só achei que talvez você estivesse meio triste e..."

"Bob... o que o Conway disse pra você em Fort Worth?"

"Ah, cacete", ele se levantou, bateu o chapéu contra as calças, "nem lembro mais. Bem, acho que está na hora de..."

"Ele disse alguma coisa. Ele disse ou fez alguma coisa que você não gostou nada."

"Você está convencido disso, né?" Ele ergueu as sobrancelhas. Depois, retomou a expressão normal, riu e vestiu o chapéu. "Deixe pra lá, Lou. Não foi nada sério, e não importa mais."

Ele foi embora, e, como eu disse, fiquei preocupado por um tempo. Mas, depois de pensar, percebi que tinha esquentado a cabeça por nada. Tudo parecia seguir sem grandes problemas.

Eu estava disposto a sair de Central City, pensava em ir embora. Mas me preocupava demais com Amy e não queria desrespeitar as vontades dela. Não faria nada que Amy não quisesse fazer.

Mas, se acontecesse algo com ela — e algo *iria* acontecer — ora, é claro que eu não ia querer mais ficar na cidade. Um coração mole como eu não suportaria, e eu não teria mais motivos pra ficar na cidade. Então, eu iria embora e tudo pareceria perfeitamente compreensível. Ninguém desconfiaria.

Amy me visitava todos os dias — de manhã, por alguns minutos, antes de ir pra escola, e depois à noite. Ela sempre trazia bolo, torta ou algo do tipo, algo que nem o cachorro dela comeria (e aquele cachorro não era exigente — comia bosta de cavalo sem piscar), e quase nunca reclamava de nada, não que eu lembre. Nunca causava problemas. Andava tímida, toda envergonhada, meio introvertida. E precisava sempre se sentar com muito cuidado.

Duas ou três noites por semana ela enchia a banheira com água morna, entrava e ficava lá deitada; eu sentava, observava e pensava no quanto Amy parecia com *ela*. Depois, se aninhava nos meus braços — porque era apenas o que qualquer um dos dois tinha disposição pra fazer. E eu quase me confundia e pensava que era mesmo *ela*.

Mas não era, e de fato não faria diferença alguma se fosse. Eu só estaria de volta onde comecei. E teria de fazer tudo de novo.

Teria de matá-la pela segunda vez...

Fiquei feliz por Amy não tocar no assunto do casamento. Acho que ela temia começar uma discussão. Eu já tinha envolvimento em três mortes, e acrescentar mais uma na lista começaria a levantar suspeitas. Era cedo demais. De todo modo, ainda não havia pensado em um jeito seguro de me livrar dela.

Acho que você entende por que eu precisava matar a Amy, certo? Era o seguinte:

Não existiam provas contra mim. E, mesmo que existissem, seria difícil jogá-las nas minhas costas. Eu não fazia o tipo, entende? Ninguém ia acreditar que eu era o assassino. Caramba, eles viram Lou Ford passear pela cidade durante anos e ninguém acreditaria que o bom e velho Lou fosse capaz...

Mas, sim, Lou era capaz, Lou poderia se condenar. Tudo que ele precisava fazer era abandonar a garota que sabia tudo a respeito dele, aquela que, apesar das noites selvagens, seria capaz de juntar as peças daquele quebra-cabeça feio demais. E isso seria o fim de Lou. Todas as peças se encaixariam, como na época em que Mike e eu éramos crianças.

Do jeito que as coisas estavam, ela não se permitiria pensar demais. Ela nem se permitiria começar a pensar. Amy também estava aprontando das suas e isso tinha colocado um freio nos pensamentos dela. E eu seria o marido; então, estava tudo em casa. Era necessário que estivesse tudo certo... Mas, se eu a deixasse... Bem, eu conhecia Amy. O bloqueio mental que ela se impôs desapareceria. Encontraria a resposta rápido e não guardaria pra si. Se eu não fosse dela, não seria de mais ninguém.

É, acho que mencionei isso. Ela e Joyce eram bastante parecidas. Enfim...

De todo modo, precisava acontecer, tão logo fosse seguro. E saber disso, que eu não tinha alternativa, meio que facilitou as coisas. Parei de me preocupar, ou melhor, parei de pensar no assunto. Tentei ser mais do que gentil com ela. Ela começou a passar tempo demais na minha casa, e isso começou a me irritar. Mas não ia durar, então decidi que seria bem agradável com ela.

Fiquei doente na quarta-feira. Na quarta seguinte melhorei, então levei Amy até o grupo de oração. Ela era professora, por isso precisava manter as aparências de vez em quando, e eu até que gostava disso. Eu aprendia frases ótimas nesses encontros. Perguntei pra Amy, sussurrando, se ela queria um pouco de maná no mel dela. Ela ficou vermelha e chutou minha canela. Eu sussurrei de novo e perguntei se eu podia dar uma de Moisés e mexer na sarça ardente dela. Disse que meu espírito entraria nela, e que a untaria em líquidos preciosos.

Ela foi ficando cada vez mais vermelha e os olhos se encheram de lágrimas, mas, por algum motivo, isso a deixava mais atraente. E pareceu que eu nunca tinha visto Amy com o queixo empinado e os olhos baixos. Então, ela se curvou e enfiou o rosto no livro de cânticos; tremendo e tossindo, e o pastor ficou na ponta dos pés, franzindo a testa e tentando identificar quem eram os barulhentos.

Foi um dos melhores grupos de oração a que já fui.

Parei pra comprar sorvete no caminho de casa e ela riu feito criança o trajeto inteiro. Enquanto eu fazia café, ela serviu o sorvete. Peguei uma colher e corri atrás dela pela cozinha. Quando cheguei nela, coloquei a colher em sua boca, em vez de espalhar pelo pescoço, como havia ameaçado. Um pouco do sorvete espirrou no nariz dela, e limpei com um beijo.

De repente, ela envolveu os braços no meu pescoço e começou a chorar.

"Benzinho", falei, "não faz assim, benzinho. Eu só estava brincando. Só queria te divertir."

"Seu grande..."

"Eu sei", disse eu, "mas não diga. Não quero discutir com você, nunca mais."

"Você, você...", ela apertou os braços em volta do meu pescoço e me olhou através das lágrimas, com um sorriso, "você não entende? Eu estou muito feliz, Lou. Tão feliz que quase não consigo me segurar..." E voltou a chorar.

Deixamos o café e o sorvete pela metade. Peguei ela no colo e a levei até o escritório do pai; nos sentamos na antiga poltrona dele. Ficamos lá, no escuro, ela no meu colo — ficamos lá até ela precisar ir pra casa. E era tudo o que queríamos; parecia o suficiente. Foi o suficiente.

Foi uma noite muito agradável, só com um pequeno incômodo.

Ela perguntou se eu tinha visto Chester Conway e respondi que não. Ela disse que achava esquisito ele não ter aparecido aqui em casa pra dizer um oi, depois de tudo o que eu tinha feito, e que, se fosse eu, reclamaria com ele.

"Não fiz nada de mais", expliquei. "Não quero falar disso."

"Bem, não me importa, querido! Antes, ele não parava de importunar você, fazia até interurbano pra falar com você! Agora, o cara está na cidade há quase uma semana e não tem tempo... Não reclamo por mim, Lou. Não faz a menor diferença, mas..."

"Então, somos dois."

118

"Você é tranquilo demais, esse é o seu problema. Deixa as pessoas passarem por cima de você. Sempre..."

"Eu sei", respondi. "Já ouvi isso antes, Amy. Já sei de cor. O problema é que não ouço o que você diz. E, na minha opinião, ouvir você é a única coisa que faço. Ouço desde que aprendeu a falar, e até aguento mais um pouco. Se isso a deixa feliz. Mas não acho que vá mudar o jeito como faço as coisas."

Ela se sentou ereta, rígida. Depois, se ajeitou no meu colo outra vez, mas ainda meio tensa. Ficou quieta por uns dez segundos.

"Bem, mesmo assim, eu, eu..."

"O quê?, perguntei."

"Ah, fica quieto", respondeu. "Fica quieto e não diz mais nada." E ela riu. E foi uma noite agradável, afinal de contas.

Mas o sumiço do Conway *era* meio esquisito, mesmo.

15

Quanto tempo eu deveria esperar? Precisava decidir. Quanto tempo eu aguentaria esperar? Por quanto tempo ainda seria seguro?

Amy não me pressionava. Ela continuava receosa e introvertida, e tentava manter aquela língua venenosa dentro da boca — apesar de nem sempre conseguir. Eu achava que ia conseguir enrolar a história de casamento por um bom tempo, mas Amy... bem, não era só a Amy. Não era nada específico, mas tinha impressão de que, cedo ou tarde, eu seria descoberto. E não conseguia me convencer do contrário.

Essa sensação aumentava dia após dia.

Conway não tinha me visitado, nem tentado entrar em contato, mas isso não significava nada, não necessariamente. Não significava nada que eu conseguisse perceber. Ele estava ocupado. Nunca deu bola pra ninguém além de si mesmo e de Elmer. É o tipo de sujeito que abandona você depois de conseguir o que quer e te chama de volta quando precisa.

Conway tinha viajado outra vez a Fort Worth, mas ainda não tinha voltado a Central City. Mas isso também não significava nada. A Construtora Conway tinha um escritório grande em Fort Worth. Ele sempre passava muito tempo lá.

Bob Maples? Bem, ele sempre foi daquele jeito, não acho que tenha mudado. Eu o estudei por dias e não detectei nada preocupante. Ele parecia bastante velho e doente e estava *mesmo* velho e doente. Ele não tinha nada pra me dizer, mas sempre agia com muita educação e era amigável — aliás, parecia que fazia questão de agir desse jeito. E ele nunca foi de falar muito. Quando abria a boca, saíam apenas palavras soltas.

Howard Hendricks? Bom... Bom, sem dúvida, algo incomodava Howard.

Encontrei com ele no primeiro dia depois da minha semana de convalescência. Ele subia os degraus do tribunal, enquanto eu descia os mesmos degraus pra ir almoçar. Ele acenou com a cabeça, mas não olhou diretamente pra mim, e resmungou um "Como vai, Lou?". Parei e disse que me sentia muito melhor — ainda bastante fraco, mas não podia reclamar.

"Sabe como é, Howard", falei. "A gripe não é o problema, o que incomoda são os efeitos colaterais."

"É o que dizem", respondeu ele.

"É o mesmo que acontece com os carros. O problema não é o preço, é a manutenção. Mas acho que..."

"Preciso ir", resmungou ele. "Até mais."

Mas eu não ia deixar o cara em paz com tanta facilidade. Eu estava fora de qualquer suspeita e podia aproveitar pra me abrir um pouco.

"Como eu dizia", continuei, "acho que nem posso ficar falando muito sobre doenças com você, certo, Howard? Você tem aquele estilhaço nas costelas. Eu tive uma ideia sobre o estilhaço, Howard, sobre o que você pode fazer com ele. Podia imprimir uma radiografia em um dos lados dos seus folhetos de campanha. E do outro podia ter uma bandeira com o seu nome escrito em letras feitas com termômetros, e talvez um... qual o nome daquele negócio em que você mija no hospital? Ah, sim, um urinol de ponta-cabeça como ponto de exclamação. Onde você disse que está o estilhaço, Howard? Você sempre diz, mas eu sempre esqueço. Uma hora está no..."

"No rabo", agora sim ele estava olhando pra mim, "está no meu rabo."

Eu o segurava pela camisa pra impedir que fugisse. Ele agarrou meu punho enquanto ainda me encarava, soltou da camisa e a largou com um solavanco. Então se virou e continuou a subir as escadas. Os ombros sacudiam, mas seus pés seguiam firmes e precisos. E não conversamos desde então. Ele saía da frente quando me via na rua, e eu devolvia o favor.

Então, tinha algo estranho ali; mas o que poderia ser? O que tinha ali pra me preocupar? Eu tinha ofendido Howard em nossa última conversa, e provavelmente ele percebeu que sempre zombei da cara dele. E esse não era o único motivo que ele tinha pra agir com indiferença comigo. Teríamos eleições no outono, e ele concorreria, como sempre. Solucionar o caso do Conway seria um palanque e tanto, e ele tocaria no assunto sempre que pudesse. Mas fazer isso faria ele se sentir esquisito. Teria que tirar o meu crédito e achava que eu não ia gostar. Então, passou a me evitar.

Enfim, não tinha problema algum. Nada, nem com ele, nem com o xerife Bob, nem com Chester Conway. Não havia problema algum... Mas a sensação piorava. Ficava cada vez mais forte.

Evitei passar no Grego até não dar mais. Evitava a rua do restaurante. Mas um dia fui até lá. Algo parecia puxar os pneus do meu carro naquela direção e, quando percebi, estava na frente do restaurante.

As janelas estavam ensaboadas. A porta fechada. Mas parecia que eu podia ouvir pessoas lá dentro; eu podia ouvir barulhos e coisas batendo.

Saí do carro e fiquei parado do lado do veículo por um minuto ou dois. Então, subi na guia e avancei pela calçada.

Havia um espaço em uma das portas duplas onde o sabão já tinha sido raspado. Coloquei a mão acima dos olhos e espiei pelo buraco; ou melhor, comecei a espiar. Então a porta se abriu de repente e o Grego apareceu.

"Sinto muito, policial Ford", disse ele. "Não podemos te atender. Estamos fechados."

Respondi que eu não queria nada.

"Só pensei em passar aqui pra, pra..."

"Pois não?"

"Queria falar com você", expliquei. "Quero conversar desde a noite que aconteceu, não paro de pensar nisso. Mas não tive coragem. Não tive coragem de olhar pra você. Sei como se sente, seria inevitável que se sentisse assim, e não há nada que eu possa dizer. Nada. Nada que eu possa dizer ou fazer. Porque, se houvesse... bem, nada disso teria acontecido, pra começo de conversa."

Era verdade e, por Deus — Deus! — que coisa maravilhosa é a verdade. Ele me olhou de um jeito que não me atrevo a descrever. E então pareceu meio perplexo. Depois, mordeu o próprio lábio e encarou a calçada.

Era um sujeito moreno, de meia-idade, usava chapéu de copa alta e uma camisa com as mangas presas nos braços por braçadeiras de cetim preto; ele olhou pra calçada e voltou a olhar pra mim.

"Fico feliz que você veio, Lou", disse, em voz baixa. "Faz sentido. Às vezes, eu sentia que ele considerava você o único amigo que tinha."

"Isso era uma das coisas que eu mais queria. Por algum motivo, vacilei, não consegui ajudar quando ele mais precisou. Mas quero que saiba de uma coisa, Max. Eu... eu não machuquei..."

Ele colocou a mão no meu ombro.

"Não precisa me dizer isso, Lou. Não sei por que, o que, mas..."

"Ele se sentia perdido", respondi. "Como se estivesse sozinho no mundo. Como se estivesse fora de sintonia sem poder voltar ao normal."

"É", disse ele. "Mas... é. Sempre se meteu em confusões, e parecia que a culpa era sempre dele."

Concordei com a cabeça, ele também. Ele balançou a cabeça, eu balancei a minha. Ficamos parados, concordando e balançando a cabeça, os dois em silêncio. E eu queria ir embora. Mas não sabia como me desvencilhar da situação. Finalmente, eu disse que tinha ficado triste por ele estar fechando o restaurante.

"Se houver algo que eu possa fazer..."

"Não vou fechar", disse ele. "Por que eu fecharia?"

"Bem, pensei que..."

"Estou reformando. Vou colocar cabines de couro, chão de madeira e ar-condicionado. Johnnie ia gostar disso. Sugeriu várias vezes, e eu dizia que ele não tinha que me dar conselhos. Mas agora vou mandar instalar tudo. Do jeitinho que ele queria. É... É tudo o que pode ser feito."

Balancei a cabeça de novo. Balancei e concordei.

"Queria perguntar uma coisa, Lou. Quero que responda, e quero que diga a verdade."

"A verdade?", hesitei. "Por que eu não diria a verdade, Max?"

"Porque talvez ache que não deva. Que seria injusto com a sua profissão e seus chefes. Quem mais visitou Johnnie na cela depois que você saiu?"

"Bem, o Howard, o promotor."

"Isso eu sei. Foi ele quem descobriu o corpo. E um policial e o carcereiro estavam com ele. Quem mais?"

Meu coração começou a palpitar. Talvez... Mas, não, não seria boa ideia. Eu não podia fazer isso. Não tive coragem sequer de tentar.

"Não faço ideia, Max", respondi. "Eu não estava mais lá. Mas digo que você está latindo pra árvore errada. Conheço aqueles caras há anos. Seriam tão incapazes de fazer uma coisa dessas quanto eu."

De novo, era verdade, e ele precisava acreditar. Olhei fundo nos olhos dele.

"Tá bom, então...", suspirou. "Conversamos outra hora, Lou."

"Pode apostar, Max", respondi, e saí correndo de lá. Dirigi uns dez quilômetros pela Derrick Road. Parei o carro no acostamento, no topo de uma pequena colina; fiquei lá, sentado no carro, e tentei olhar pra vegetação. Mas não via nada. Não via as árvores.

Cinco minutos depois que estacionei, bem, talvez não mais do que três minutos, um carro parou atrás de mim. Joe Rothman saiu do veículo, caminhou devagar até a janela do carro e olhou pra mim.

"Bela vista, hein", comentou. "Se importa se eu entrar? Obrigado, sabia que não se importaria."

Ele disse desse jeito, tudo junto, sem esperar pela resposta. Abriu a porta e sentou do meu lado.

"Vem muito pra essas bandas, Lou?"

"Quando tenho vontade", respondi.

"É uma vista e tanto. Quase única. Acho que não existem mais de quarenta ou cinquenta outdoors assim nos Estados Unidos inteiros."

Ri, apesar de não sentir vontade. Era um anúncio da Câmara do Comércio, que dizia o seguinte:

Você está chegando a
CENTRAL CITY, TEXAS.
"Onde o aperto de mão é mais forte."
População (1932) 4800 População (1952) 48.000
VEJA COMO CRESCEMOS!!

"É", confirmei, "é um belo outdoor, realmente."

"Estava olhando pra ele, é? Imagino que seja a grande atração aqui. Afinal, tem mais alguma coisa pra se ver por aqui, fora árvore e um casebre branco? O casebre do assassinato, é assim que andam chamando."

"O que você quer?", perguntei.

"Quantas vezes foi lá, Lou? Quantas vezes traçou a moça?"

"Fui lá algumas vezes", respondi. "Tinha motivos pra ir. E não sou tão enlouquecido pela coisa a ponto de ir atrás de uma puta pra me satisfazer."

"Não?" Ele estreitou os olhos enquanto olhava pra mim, com ar curioso. "É, acho que não faz seu estilo. No meu caso, sempre agi baseado na teoria de que, mesmo na abundância, precisamos ficar atentos ao futuro. Nunca se sabe, Lou. Você pode acordar um dia desses e descobrir que aprovaram alguma lei contra isso. Seria antiamericano."

"Talvez eles acrescentem uma cláusula nessa lei", respondi.

"Proibindo papo furado? Você não tem mentalidade legalista, Lou, senão não diria uma coisa dessas. É uma contradição básica. Fazer marcação com tudo o que é dispensável, como nossas instituições penais provam; fazer marcação com os tipos ortodoxos, claro. Mas o que podemos usar pra substituir o nosso papo furado? Onde estaríamos sem ele?"

"Bom", falei, "eu não precisaria ouvir você falando."

"Mas vai ouvir, Lou. Vai ficar sentadinho aí e vai ouvir, e vai responder bonitinho tudo o que eu perguntar. Entendeu? Entendeu, Lou?"

"Entendi", respondi. "Entendi desde que entrou no carro."

"Tive medo de que não tivesse entendido. Quero que entenda que posso cagar em cima da sua cabeça e que você vai ficar quietinho aí e vai gostar."

Ele despejou tabaco em um pedaço de papel, enrolou e passou pela língua. Enfiou o cigarro no canto da boca e pareceu esquecer ali.

"Você conversou com Max Pappas", comentou. "Pelo que vi, pareceu uma conversa amigável."

"Foi", respondi.

"Ele aceitou o suicídio de Johnnie? Engoliu essa história do suicídio do filho?"

"Não posso dizer que ele aceitou", respondi. "Perguntou se alguém, se alguém entrou na cela dele depois que saí e..."

"E então, Lou?"

"Eu disse que não, que achava improvável ter acontecido algo assim. Nenhum dos rapazes faria aquilo."

"Isso resolve o problema", acenou Rothman. "Ou não?"

"Mas o que você está querendo dizer com isso?", perdi a paciência. "O que..."

"Cala a boca!" Ele engrossou a voz, e depois aliviou. "Reparou na decoração nova do restaurante? Faz ideia de quanto vai custar? Uns doze mil dólares. Onde você acha que ele conseguiu tanta grana?"

"Como diabos vou..."

"Lou."

"Bem, talvez tenha economizado."

"Max Pappas?"

"Ou talvez tenha pedido emprestado."

"Sem garantia?"

"Ah... sei lá."

"Que tal essa: alguém deu a grana pra ele. Algum conhecido rico, vamos dizer. Alguém que se sentia em dívida com ele."

Dei de ombros e empurrei o chapéu pra trás; porque minha testa suava. Mas, por dentro, eu sentia frio, muito frio.

"A Construtora Conway é a responsável pela redecoração, Lou. Não acha meio estranho que o velho aceite trabalhar pro pai do assassino do filho?"

"Ele não é de recusar trabalho", respondi. "Enfim, não foi ele quem aceitou, foi a empresa. Ele não está lá em pessoa, com martelo e prego na mão. Provavelmente nem sabe do serviço."

"Bom...", hesitou Rothman. Depois, insistiu no assunto. "Vão entregar o restaurante prontinho. Conway tá negociando com os fornecedores, e é ele quem tá pagando todo mundo. Ninguém viu um centavo do Pappas ainda."

"E daí?", perguntei. "Conway sempre cuida de todos os aspectos das operações. Consegue doze vezes mais lucro."

"E você acha que o Pappas é do tipo que engole tudo? Não acha que ele é mais do tipo que insiste em pechinchar cada peça, que pede desconto até pelos pregos? Eu acho que ele é assim, Lou. É o único jeito em que consigo pensar nele."

Concordei.

"É, eu também. Mas ele não está em posição de quem pode exigir muita coisa. Ou ele aceita as condições da Construtora Conway ou fica sem nada."

"É..." Ele trocou o cigarro de um canto da boca pro outro. Empurrou com a língua, enquanto fixava o olhar no meu rosto. "Mas a grana, Lou. Isso ainda não explica a grana."

"Sabiam onde ele morava", respondi. "Talvez ele tivesse uma boa parte da grana pra dar de adiantamento. Não em um banco. Ele pode ter escondido em algum lugar da casa."

"É", disse Rothman, com mais calma. "É, acho que sim..."

Ele virou pra trás, como se quisesse olhar a janela traseira do carro através de mim — em vez de *pra* mim. Jogou o cigarro fora, pegou o tabaco e um pedaço de papel e começou a enrolar outro.

"Foi ao cemitério, Lou? Foi visitar o túmulo do Johnnie?"

"Não", respondi, "preciso mesmo fazer isso. É uma vergonha que eu ainda não tenha ido."

"Bom... Mas que merda, você acredita nisso, né? Você realmente acredita em cada porra de palavra que está dizendo!"

"Quem você pensa que é pra perguntar isso?", soltei, com raiva. "O que fez por ele? Não quero nenhum crédito, mas sou o único homem em Central City que tentou ajudar aquele garoto. Eu gostava dele. Entendia o moleque. Eu..."

"Eu sei, eu sei", ele sacudiu a cabeça, quase sem vontade. "Acontece que Johnnie está enterrado em solo sagrado... Sabe o que isso significa, Lou?"

"Acho que sei. A igreja não considerou suicídio."

"E o que você acha, Lou? Tem justificativa pra isso?"

"Ele era jovem demais", falei, "e passou por um problema atrás do outro. Talvez a igreja considere que ele morreu com as dívidas pagas e decidiu aliviar. Talvez pensem que tenha sido um acidente; que ele aprontou muito e foi longe demais."

"Talvez", disse Rothman. "Talvez, talvez, talvez. Só mais uma coisa, Lou. A mais importante... No domingo à noite, quando Elmer e a dona da cabaninha ali estavam sendo mortos, um dos meus carpinteiros estava no cinema, na última sessão do Palace. Estacionou o carro nos fundos — presta atenção nisso, Lou —, às nove e meia. Quando ele saiu, os quatro pneus do carro tinham sumido..."

16

Esperei e tudo ficou silencioso.

"Bom", finalmente disse, "que azar, hein. Os quatro pneus?"

"Azar? Quer dizer engraçado, não é, Lou? De morrer de rir."

"É, talvez. É engraçado que eu não tenha ouvido nada sobre isso na delegacia."

"Teria sido ainda mais engraçado se tivesse, Lou. Porque ele não prestou queixa. Não acho que possamos chamar de o maior mistério de todos os tempos, mas, por algum motivo, vocês lá da delegacia não se importam muito com o que acontece com a gente, os trabalhadores. A menos que aconteça uma greve."

"Não posso evitar se..."

"Esqueça, Lou, isso não importa. O sujeito não deu queixa, mas comentou com alguns colegas na terça-feira, na reunião semanal dos carpinteiros e marceneiros. E um deles tinha comprado dois pneus do Johnnie Pappas, veja que curioso. Eles... Tá com frio, Lou? Pegou resfriado?"

Mordi meu charuto. Não falei nada.

"Os rapazes se armaram com porretes de madeira e coisas do tipo e foram atrás do Johnnie. Ele não estava em casa nem no posto do Slim Murphy. Na verdade, não estava em lugar nenhum. Ele estava pendurado em uma cela no tribunal, com o cinto em volta do pescoço. Mas o carro dele estava no posto, com os outros dois pneus. O pessoal tirou os pneus do carro — Murphy não contou nada pra polícia, claro, e o assunto foi encerrado. Mas ainda comentam sobre isso por aí, Lou. Muita gente fala, parece, mas ninguém dá muita bola."

Limpei a garganta.

"Eu... e por que deveriam, Joe?", perguntei. "Acho que não entendo."

"Por causa das merdas, Lou. Lembra? Por causa das merdas que você fala por aí... Os pneus foram roubados depois das nove e meia, na noite em que Elmer e a amiguinha bateram as botas. Então, se presumirmos que o Johnnie não puxou o gatilho no exato momento em que o carpinteiro estacionou o carro, ou mesmo que isso tenha acontecido, chegamos à inevitável conclusão de que o único crime que ele cometeu não foi tão sério assim, e aconteceu bem depois das dez da noite. Em outras palavras, é impossível que ele tenha se envolvido no terrível incidente que aconteceu do outro lado desses arbustos."

"Não entendo por que não", contrariei.

"Não?", ele arregalou os olhos. "Bem, é claro, pobre Descartes, Aristóteles, Diógenes, Euclides e esses caras. Todos já morreram, mas acho que vai encontrar muita gente por aí que defende as teorias deles. E acho que não concordariam com a sua teoria de que um corpo pode estar em dois lugares ao mesmo tempo, Lou."

"O Johnnie andava com um pessoal de reputação duvidosa", respondi. "Talvez um dos amigos dele tenha roubado os pneus e passado pro Johnnie vender."

"Sei. Entendo... Lou."

"Por que não?", perguntei. "Ele trabalhava no posto, seria fácil passar os pneus adiante. Slim Murphy nem pensaria em se meter... Cacete, provavelmente foi isso que aconteceu, Joe. Se ele tivesse um álibi pra hora dos assassinatos, teria me dito, certo? Não teria se enforcado."

"Ele gostava de você, Lou. Confiava em você."

"E por bons motivos. Ele sabia que eu era amigo dele."

Rothman engoliu seco, e pareceu emitir uma espécie de risada. Um tipo de barulho que você faz quando não sabe se ri, chora ou grita.

"Certo, Lou. Perfeito. Os tijolos se encaixam perfeitamente e o pedreiro é um profissional de primeira. Mas ainda não consigo parar de pensar nele e no trabalho executado. Não entendo por que ele sente tanta necessidade de defender uma estrutura cheia de palavrinhas como 'talvez' e 'quem sabe' por todo lado, esse muro de proteção de lógicas alternativas que construiu. Não entendo por que ainda não mandou um certo oficial do sindicato pro inferno."

Então... era isso. Lá estava eu. Mas onde ele estava? Balançou a cabeça como se eu tivesse feito a pergunta. Balançou e se acomodou um pouco mais no assento.

"*Humpty Dumpty Ford no topo do muro se aboletou.* Como ou por que ele chegou lá não faz muita diferença. Você vai precisar agir, Lou. Rápido. Antes que alguém... antes que você se dê mal."

"Pensei em sair da cidade", comentei. "Ainda não tomei nenhuma atitude, mas..."

"Claro que não. Caso contrário, um fascista republicano vermelho ferrenho feito eu não se sentiria à vontade pra te arrancar das garras dos seus difamadores e algozes — melhor dizendo, pretensos algozes."

"Você acha que... será que, talvez..."

Ele deu de ombros.

"Acho que sim, Lou. Acho que teria problemas pra sair da cidade. Aliás, tenho tanta certeza disso que vou entrar em contato com um amigo meu, um dos melhores advogados criminalistas do país. Já deve ter ouvido falar dele: Billy Boy Walker. Fiz um favor pra ele há algum tempo, no Leste, e, apesar de ter vários problemas, sempre lembra dos favores que deve."

Eu já tinha ouvido falar em Billy Boy Walker. Acho que todo mundo já ouviu falar dele. Tinha sido governador do Alabama ou da Geórgia, algum daqueles estados do sul. Já tinha sido senador dos Estados Unidos também. Havia se candidatado a presidente com promessa de mamata pra muita gente. Foi vítima de vários atentados na época, então largou a política e seguiu com a prática criminalista legal. E era dos bons. Todos os figurões do alto escalão tiravam sarro do sujeito pelo modo que tinha lidado com a carreira política. Mas eu já tinha reparado que, quando algum deles, ou algum de seus comparsas, se metiam em confusão, Billy Boy Walker era a primeira pessoa pra quem telefonavam.

O fato de Rothman achar que eu precisava da ajuda de alguém como Walker me deixou preocupado.

Então voltei a pensar por que razão Rothman e seus sindicatos se incomodariam em conseguir um advogado pra mim. Que riscos Rothman correria se a lei começasse a me interrogar? Então, percebi que, se a minha primeira conversa com Rothman viesse a público, qualquer júri no mundo pensaria que foi ele quem mandou matar Elmer Conway. Em outras palavras, Rothman precisava salvar dois pescoços, o dele e o meu, com um advogado.

"Talvez não seja necessário", continuou ele. "Mas acho melhor avisar Billy. Ele nunca está disponível de imediato. Quando você pode sair da cidade?"

Hesitei. Amy. Como eu lidaria com a situação?

"Eu... Não consigo nada pra amanhã", respondi. "Vou ter que jogar no ar a ideia de que penso em ir embora, e daí fazer uma coisa de cada vez. Sabe, as pessoas achariam estranho se..."

"É", ele franziu a testa, "se souberem que você está prestes a fugir, vão se apressar em fechar o cerco... mas, sim, entendo o que quer dizer."

"O que acha que farão?", perguntei. "Se pudessem me pressionar, já teriam pressionado. Não que eu tenha feito..."

"Não se preocupe. Não diga mais nada. Apenas comece. Faça tudo o mais rápido possível. Acho que duas semanas é tempo suficiente pra deixar tudo pronto."

Duas semanas. Mais duas semanas pra Amy.

"Combinado, Joe", falei. "E obrigado por... por..."

"Pelo quê?", ele abriu a porta do carro. "Não fiz nada por você."

"Não sei se consigo deixar tudo pronto em duas semanas. Talvez eu leve mais..."

"Confie em mim", disse ele, "é melhor não demorar mais do que isso."

Rothman saiu e foi até o carro dele. Esperei até que desse ré e tomasse o caminho de volta pra Central City. Então liguei o carro e peguei a estrada. Dirigi devagar, enquanto pensava em Amy.

Anos atrás, Central City tinha um joalheiro que fazia muita grana com o negócio, tinha uma mulher linda e filhos exemplares. Um dia, em uma viagem a uma dessas comunidades universitárias, ele conheceu uma garota, uma verdadeira princesa, e pouco depois estava tendo um caso com ela. A garota sabia que ele era casado e estava disposta a deixar as coisas daquele jeito. Então, tudo parecia perfeito. Ele tinha a garota, a esposa e um comércio próspero. Mas, numa certa manhã, encontraram o sujeito e a garota mortos em uma cama de motel. Ele tinha dado um tiro nela e depois se matado. E quando um dos nossos policiais foi até a casa do homem pra informar a esposa, encontrou ela e as crianças mortas também. O tal comerciante tinha matado toda a família.

Ele tinha tudo e, por algum motivo, nada tinha ficado melhor.

Sei que soa esquisito, e provavelmente não tem nada a ver comigo. No começo, achei que tinha, mas agora, quando penso nisso... Bom, sei lá. Não sei dizer.

Eu sabia que precisaria matar a Amy. Poderia descrever meus motivos, palavra por palavra. Mas, sempre que pensava no assunto, precisava parar pra relembrar o *porquê* de tudo. Eu poderia estar ocupado com alguma coisa, com algum livro, ou deitado ao lado dela. De repente, lembrava que teria de matar a Amy e a ideia parecia tão insana que eu quase ria alto. Então, tinha que parar pra pensar e aí percebia que não tinha outro jeito e...

Era como se estivesse dormindo quando estava acordado, e acordado enquanto dormia. Eu tinha que me beliscar — figurativamente, claro — e não poderia parar de beliscar. Então, acordava meio que ao contrário. Eu retornava ao pesadelo em que precisava viver. E tudo, de repente, voltava a fazer sentido.

Mas eu ainda não sabia como executar o plano. Não conseguia pensar em uma estratégia na qual meu envolvimento não fosse questionável, ou, ao menos, minimamente questionável. E esta era uma situação em que eu definitivamente não poderia me tornar suspeito. Eu era Humpty-Dumpty, como Rothman dissera, e não podia perder o equilíbrio e despencar do muro.

Não conseguia pensar em um plano porque, desta vez, era mais difícil, e eu precisava lembrar o tempo todo dos *porquês*. Então, finalmente, tive a ideia.

Descobri um modo de agir porque não havia alternativa. Não poderia perder mais tempo.

Aconteceu três dias depois da conversa com Rothman. Era sábado, dia de pagamento, e eu devia ter ido trabalhar, mas não consegui passar da varanda. Fiquei em casa o dia inteiro, com as cortinas fechadas, andava de um lado pro outro, entrava de cômodo em cômodo. E, quando a noite chegou, eu ainda estava lá. Sentado no escritório do pai, com apenas uma luminária de mesa acesa. Então, ouvi passos leves cruzarem a varanda e o som da tela da porta ao se abrir.

Era cedo demais pra ser a Amy; mas não estranhei. Várias pessoas entravam na minha casa sem avisar.

Parei na porta do escritório bem na hora que ele entrou na sala.

"Sinto muito, forasteiro", disse eu. "O médico não atende mais. A placa só está lá fora por motivos sentimentais."

"Tudo bem, chefia", ele caminhou na minha direção e fui obrigado a dar uns passos pra trás, "é só uma queimadura leve."

"Mas eu não..."

"Uma queimadura de charuto", explicou. Ergueu a mão, com a palma pra cima. Então lembrei quem era.

Ele se sentou na cadeira de couro do pai e sorriu. Esfregou as mãos nos braços das cadeiras e derrubou a xícara de café e o pires que eu havia deixado lá.

"Precisamos conversar, chefia, e estou com sede. Tem uísque? Alguma garrafa fechada? Não sou chato com essas coisas, sabe, mas, em alguns lugares, prefiro ver que a garrafa ainda não foi aberta."

"Tenho um telefone", falei, "e a cadeia fica a umas seis quadras. Agora, cai fora da minha casa imediatamente, senão é pra lá que você vai."

"Aham", resmungou. "Se quiser usar o telefone, pode usar, chefia."

Peguei o telefone. Achei que ele fosse ficar com medo e, se ficasse, bom, a minha palavra valia mais do que a de um vagabundo. Ninguém tinha provas contra mim, eu ainda era Lou Ford. E ele não seria capaz de abrir a boca antes que eu enfiasse uma porrada nele.

"Vai fundo, chefia, mas vai custar caro. Pode apostar. Não vai custar só a mão queimada."

Segurei o telefone, mas não tirei do gancho.

"Vamos", disse eu, "fale de uma vez."

"Você me deixou curioso, chefia. Fiquei mais ou menos um ano na fazenda de ervilhas de Houston, e lá conheci uns caras do seu tipo... aí achei que valia a pena ficar de olho em você por uns tempos. Então, te segui naquela noite. Ouvi parte da conversa que você teve com aquele sujeito do sindicato..."

"E aposto que você pensa ter ouvido algo que vale a pena, não é?", perguntei.

"Não, senhor", ele sacudiu a cabeça, "não foi nada de mais pra mim. Na verdade, não achei nada de mais até a noite em que você apareceu na fazenda onde eu tinha me aninhado pra dormir e você cortou atalho até aquela casinha branca. Não pareceu nada de mais *até aquela hora...* você disse que tinha uísque, não disse, chefia? Uma garrafa fechada?"

Fui até o laboratório e peguei uma garrafa de licor medicinal de uma das prateleiras. Peguei um copo e levei até ele. Ele abriu a garrafa e encheu meio copo.

"Beba comigo, eu pago", disse, e me entregou o copo.

Bebi. Era o que eu precisava. Devolvi o copo e ele derrubou no chão, com a xícara e o pires. Então, deu um gole enorme direto da garrafa e apertou os lábios.

"Não, senhor", continuou, "não pareceu nada de mais, e não fiquei pra ver no que ia dar. Caí fora na segunda de manhã e fui até o oleoduto pedir emprego. Me colocaram com o pessoal das britadeiras, lá em Pecos, tão longe que o meu salário não era suficiente pra me tirar da cidade. Três de nós ficaram lá, isolados do resto desse mundo. Mas o último salário foi diferente. Terminamos o serviço em Pecos e me chamaram pra cá. Soube das notícias e, de repente, as coisas que você disse pareceram bem mais importantes."

Balancei a cabeça. Me senti quase feliz. A coisa saiu do meu controle e tudo se encaixou na minha frente. Eu sabia que precisava agir e sabia exatamente o que faria.

Ele deu outro gole na bebida e pegou um cigarro do bolso da camisa.

"Sei como as coisas funcionam, chefia, e a lei nunca me ajudou muito; então, não vou ajudar a lei. A menos que eu seja obrigado. Quanto você pagaria pra seguir com a sua vida?"

"Eu...", sacudi a cabeça. Não podia me apressar. Não podia ceder tão cedo. "Não tenho muito dinheiro", disse. "Só o que ganho como policial."

"Tem essa casa. Deve valer uma nota."

"É, mas, poxa", falei. "É tudo o que tenho. Se não me sobrar pelo menos um pouco de dinheiro, não vejo vantagem em comprar o seu silêncio."

"Talvez você mude de ideia, chefia", sugeriu. Mas não pareceu ter firmeza na ameaça.

"Enfim", disse eu, "vender a casa não me parece muito prático. As pessoas vão perguntar o que fiz com o dinheiro. Eu teria que justificar pro governo e pagar um monte de impostos. Mas, no final das contas, acho que você deve estar com pressa..."

"Achou certo, chefia."

"Bem, leva algum tempo pra vender uma casa como esta. Prefiro vender pra um médico, alguém que pague pelos equipamentos do pai. Se der certo, consigo três vezes mais pela casa, mas é impossível fechar um negócio desses com pressa."

Ele me analisou, cheio de suspeitas, e ficou avaliando se eu estava tentando algum truque. Na verdade, eu estava mentindo, mas muito pouco.

"Não sei, não", disse, devagar. "Não sei se acho uma boa ideia. Talvez... Não acha que consegue um financiamento?"

"Bem, odiaria ter que fazer isso..."

"Não foi o que eu perguntei, chefia."

"Mas, olha só", falei, pra colocá-lo de volta nos eixos, "como vou pagar um financiamento com o meu salário? É impossível. Provavelmente não conseguiria mais de cinco mil depois de cobrarem os juros e as taxas de corretagem. E eu teria que pedir ajuda pra alguém e conseguir outro empréstimo pra pagar o primeiro e, diabos, assim vou me afogar em dívidas. Agora, se você me der quatro ou cinco meses pra achar alguém que..."

"Ah, tá. Quanto tempo você precisa pra conseguir a grana? Uma semana?"

"Bom...", Amy precisaria de um pouco mais do que isso. Queria que ela tivesse mais tempo. "Acho que uma semana é pouco. No mínimo duas; mas eu odiaria..."

"Cinco mil", disse ele, enquanto sacudia o líquido na garrafa. "Cinco mil em duas semanas. Duas semanas a partir de hoje. Tudo bem, chefia, acho que podemos fechar negócio. E é um negócio mesmo, entendeu? Não sou fominha, não. Depois que eu colocar as mãos nos cinco mil, não vai ver nem a minha sombra."

Franzi as sobrancelhas, suspirei e disse:

"Certo, tudo bem".

Ele enfiou a garrafa no bolso e se levantou.

"Tá bom, então, chefia, vou voltar pro oleoduto hoje. Esta cidade não é muito amigável com homens que preferem a vida mansa, por isso vou ficar lá até meu próximo pagamento. Mas nem sonhe em fugir de mim."

"E como eu faria isso?", perguntei. "Acha que sou louco?"

"Quem faz perguntas bestas ouve respostas que não quer, chefia. Esteja aqui em duas semanas com a grana e não vai ter nenhuma confusão."

Dei a última palavra; ainda achava que tinha cedido fácil demais.

"Talvez seja melhor você não aparecer aqui", falei. "Alguém pode te ver e..."

"Ninguém vai me ver. Vou ficar na surdina, como naquela noite. Também não quero nenhuma confusão."

"Bom... Só pensei que fosse melhor se a gente..."

"Olha só, chefia", ele balançou a cabeça, "o que aconteceu na última vez que você andou pela região rural da cidade? Não terminou bem, terminou?"

"Certo", concordei. "É você quem manda."

"É, prefiro assim." Olhou pro relógio. "Estamos resolvidos, então. Cinco mil em duas semanas, às nove da noite. Não pise na bola."

"Fica tranquilo. Vou conseguir o dinheiro", respondi.

Ele ficou parado na entrada por um instante e verificou o movimento lá fora. Então saiu, desceu da varanda e desapareceu nas árvores do gramado.

Sorri, sentindo um pouco de pena dele. Era engraçado como esse tipo de gente pede pra se dar mal. Mesmo tentando de tudo pra ficar longe desses tipinhos, eles grudam em você e praticamente entregam o plano inteiro de bandeja. Por que apareciam na minha porta e pediam pra morrer? Por que não se matavam de uma vez?

Limpei a louça quebrada no escritório. Subi até o quarto, deitei na cama e esperei pela Amy. E não tive que esperar muito.

Não tinha muito tempo. E, de certa maneira, ela agiu como sempre, meio mal-humorada, mas fingindo estar bem. Mas eu percebia uma diferença, aquela tensão que você mostra quando quer dizer ou fazer algo, mas não sabe como começar. Ou, talvez, ela percebesse isso em mim. Talvez, percebêssemos um no outro.

Acho que foi o que aconteceu, porque agimos na mesma hora. Ambos falamos ao mesmo tempo:

"Por que nós não..."

Rimos e dissemos "só eu e você". Então, ela continuou falando.

"Você não quer, né, querido? Pode ser sincero."

"Eu não ia propor agora mesmo?", respondi.

"Como... quando você..."

"Bem, pensei que duas semanas seriam..."

"Querido!" Ela me beijou. "Era exatamente o que eu ia dizer!"

Só faltava mais um pouquinho. Precisava só de um empurrão pra encaixar a última peça.

"No que pensou, meu amor?"

"Bom, pensei que nós dois sempre fizemos o que as pessoas esperavam da gente. Quer dizer... Bom, no que você pensou?"

"Você primeiro, Lou."

"Não, você, Amy."

"Bom..."

"Bom..."

"Por que não fugimos?", dissemos ao mesmo tempo.

Rimos e ela enroscou os braços ao meu redor, se aninhou no meu peito, o corpo tremendo, mas quente, rígido e suave. Ela sussurrou no meu ouvido e eu no dela:

"Só eu e você..."

"Que o azar nunca encontre o meu amor."

17

Ele apareceu na terça seguinte, acho. Na terça seguinte ao sábado em que o vagabundo foi lá em casa e Amy e eu decidimos fugir. Sujeito alto, com os ombros jogados pra trás e rosto cadavérico, a pele meio amarelada. Disse que se chamava dr. John Smith e que estava de passagem. Andava de olho na região e ouviu falar (ou pensou ter ouvido) que a casa e os equipamentos estavam à venda.

Eram mais ou menos nove da manhã. Em um dia normal, eu estaria saindo pro trabalho. Mas eu não andava fazendo muita questão de visitar o centro da cidade e o pai sempre se prontificou a atender os médicos que visitavam a casa.

"Já pensei várias vezes em vender a casa", falei, "mas nunca fui além disso. Nunca tomei nenhuma atitude efetiva. Mas, por favor, entre. Médicos sempre são bem-vindos aqui."

Levei o sujeito até o escritório, peguei uma caixa de charutos e ofereci café. Sentamos e tentei puxar conversa. Admito que não gostei muito dele. Não parava de me olhar com aqueles olhos enormes, amarelos como se eu fosse exótico, algo mais interessante de observar do que com quem conversar. Mas... bem, médicos têm umas presunções engraçadas. Vivem em um mundo próprio, onde eles são os reis e todos estão errados, exceto eles.

"O senhor é clínico geral, dr. Smith?", perguntei. "Não quero desencorajá-lo, mas acredito que os médicos da região já pegaram o monopólio do campo da clínica geral. Sabe... não pensei muito em me desfazer desta casa, mas considerando a possibilidade... penso que haja espaço para bons pediatras e obstetras..."

Deixei o comentário no ar, ele piscou e saiu do transe.

"Na verdade, são áreas de meu interesse, sr. Ford. Eu... hã... hesitaria em denominar-me especialista, mas... hã..."

"Acho que há espaço pro senhor aqui, então", disse. "Qual a sua experiência no tratamento de nefrite, doutor? Eu diria que inoculação com sarampo provou ser um agente curativo que previne o perigo inerente. Concorda?"

"Bom, hã... hã..." Ele cruzou as pernas. "Sim e não."

Assenti com seriedade.

"Acredita que há dois lados nessa moeda?"

"Bem... hã... sim."

"Entendo", falei. "Nunca pensei sobre esse aspecto, mas percebo que tem razão."

"Esta é a sua... hã... especialidade, sr. Ford? Doenças infantis?"

"Não tenho especialidade, doutor", respondi, rindo. "Sou a prova viva do adágio de que o fruto cai longe do pé. Mas sempre me interessei por crianças e o pouco que conheço sobre medicina limita-se a pediatria."

"Entendo. Bom, hã, pra falar a verdade, a maior parte do meu trabalho é voltada para a geriatria."

"Então vai fazer sucesso por aqui", apontei. "Temos uma considerável população idosa. Geriatria, então."

"Bem, hã, pra falar a verdade..."

"Conhece *Max Jacobson e doenças degenerativas*? O que pensa sobre a teoria da proporção entre desaceleração de atividade e senilidade progressiva? Compreendo o conceito básico, claro, mas minhas limitações matemáticas impedem que eu compreenda completamente a formulação. Talvez possa me explicar..."

"Bom... hã... é bastante complicado..."

"Entendo. Pensa que, talvez, a abordagem de Jacobson seja meramente empírica? Bem, também considerei essa possibilidade, por algum tempo, mas creio que isso tenha se dado pelo fato da minha própria abordagem ser deveras subjetiva. Por exemplo. Seria a condição patológica? Seria psicopatológica? Seria psicopatológica psicossomática? Sim, sim, sim. Pode ser uma das possibilidades, ou duas delas, ou todas elas. *Porém*, em graus variados, doutor. Queira ou não, devemos presumir um fator x. Agora, consideremos uma equação, e perdoe-me por simplificar a questão, digamos que nosso cosseno seja..."

Continuei a conversa com um sorriso e desejando que Max Jacobson estivesse ali pra ver a cara do sujeito. Do que conheço do dr. Jacobson, ele agarraria o homem pelo colarinho e o arremessaria na rua.

"Pra falar a verdade", interrompeu ele e esfregou os dedos ossudos na testa, "Estou com uma enorme dor de cabeça. Tem algo pra dor de cabeça, dr. Ford?"

"Nunca tenho dor de cabeça", respondi.

"Ah, mesmo? Pensei que, com tanto estudo, acordado até alta madrugada, incapaz de... hã... dormir..."

"Nunca tenho problemas pra dormir", disse.

"Não tem preocupações? Quero dizer, em uma cidade como esta, com tantas fofocas, fofocas maliciosas, não sente que as pessoas falam sobre você? Não sente que isso... hã... que isso pode se tornar insuportável?"

"Quer saber", perguntei, devagar, "se me sinto perseguido? Bem, na verdade, sinto, doutor. Mas não me preocupo. Não posso dizer que me incomoda, mas..."

"Sim? Diga, sr. Ford."

"Bem, quando chego ao meu limite, mato algumas pessoas. Enforco usando um cabo de arame farpado que guardo em casa. Depois disso, me sinto bem."

Estava tentando lembrar se eu conhecia aquele cara desde que ele entrou, e finalmente consegui. Fazia vários anos desde que eu tinha visto aquela cara enorme e feia em um dos jornais de fora da cidade, e a foto não era muito boa. Mas me lembrei dele e da história que li. O cara tinha se formado na Universidade de Edinburgh, em uma época em que os formandos de lá eram admitidos por aqui pra praticar a profissão. Ele matou meia dúzia de pessoas antes de conseguir um diploma qualquer, e se tornou psiquiatra.

Conseguiu um emprego na equipe de uma delegacia na Costa Oeste. Então, aconteceu um caso de assassinato e ele pegou pesado com os suspeitos errados — pessoas com grana, poder e influência pra revidar. Ele não perdeu a licença, mas teve que deixar a região. Então, sabe como é, eu sabia o que ele estava tentando. O que ele estava fazendo. Lunáticos não podem votar, então por que os políticos aprovam as verbas desses sujeitos?

"Pra falar a verdade, hã..." Ele começou a entender. "Acho melhor eu..."

"Fique, por favor", pedi. "Posso lhe mostrar aquela cornucópia. Ou talvez você possa me mostrar algo da sua coleção, aqueles itens japoneses que você costumava exibir por aí. O que fazia com aquele falo de borracha? O que jogou na cara daquele garotinho na escola? Não teve tempo de colocar na mala quando fugiu da Costa?"

"Creio que esteja enganado. Deve estar me confundindo com outra..."

"Pra falar a verdade", falei, "me enganei mesmo. Mas não foi você quem me enganou. Você não sabe nem como começar a enganar alguém. Não consegue diferenciar merda de mel, então cai fora daqui e assine o seu relatório desse jeito. Assine como imbecil. E é bom acrescentar uma nota de rodapé pra avisar que o próximo filho da puta que mandarem pra cá vai apanhar tanto que o cu vai virar colarinho."

Ele acelerou até a sala em direção à porta da frente. Os ossos do rosto remexiam e contorciam debaixo da pele amarela. Fui atrás dele com um sorriso que escancarava todos os dentes.

Ergueu a mão paralela ao corpo e tirou o chapéu do cabideiro. Vestiu ao contrário. Ri e dei um passo na direção do sujeito. Ele quase caiu pra fora da porta. Peguei a maleta que ele carregava e joguei no gramado.

"Se cuida, doutor. Cuida bem das suas chaves. Sem elas, não vai conseguir sair daqui."

"Você... Você vai..."

Os ossos mexiam e saltavam. Ele desceu dois degraus da escada e recobrou a coragem:

"Se eu te pegar...".

"Eu, doutor? Mas eu durmo bem. Não tenho dores de cabeça. Não estou nem um pouco preocupado. A única coisa que me preocupa é essa sua tentativa de me foder."

Ele apanhou a pasta e galopou até a rua, com o pescoço esticado feito um urubu. Fechei a porta e fiz mais café.

Preparei um segundo café da manhã reforçado e comi tudo.

Não fazia a menor diferença, sabe? Não perdi nada mandando o doutorzinho passear. Já imaginava que iam tentar me pressionar, e agora tinha certeza. E eles saberiam que eu sabia. Mas eu não perdia nada com isso, nada ia mudar.

Só seriam capazes de supor, de suspeitar. Não tinham nenhuma pista concreta e jamais teriam. Não teriam nada em menos de duas, bem, em menos de dez dias. Teriam só mais suspeitas, *pensariam* que estavam na pista certa. Mas não teriam prova nenhuma.

Apenas eu poderia fornecer a prova, pois eu mesmo era a prova, e jamais conseguiriam alguma coisa de mim.

Tomei todo o bule de café, fumei um charuto, lavei e sequei a louça. Joguei algumas migalhas de pão pros pardais e reguei a planta de batata-doce na janela da cozinha.

Depois peguei o carro e fui até a cidade; fiquei pensando como tinha sido bom falar por alguns minutos, mesmo que tivesse sido com um doutorzinho sem nenhuma importância. Falar, realmente falar, mesmo que só um pouco.

18

Matei Amy Stanton sábado à noite, cinco de abril de 1952, pouco antes das nove da noite.

Tinha sido um dia lindo e agradável de primavera, com um calorzinho ameno que anunciava a chegada do verão, e a noite estava arejada e aprazível. Ela havia preparado o jantar dos pais mais cedo e mandou os dois pro cinema perto das sete. Então, às oito e meia, Amy veio até a minha casa e...

Eu vi os dois passarem pela frente de casa — os pais dela, digo — e acho que ela estava no portão e acenou pra eles, porque eles olharam pra trás e acenaram também. Então, acho que ela deve ter entrado em casa e se preparado bem rápido. Soltou o cabelo e tomou banho, fez uma maquiagem e arrumou as malas. Deve ter ficado bem enlouquecida arrumando tudo, pulando de um lado pro outro pra se aprontar, porque não teria dado tempo de fazer muita coisa com os pais por perto. Imagino que ela ficou bastante agitada; teve de ligar o ferro de passar, desligar a água da banheira, reparar os buracos na meia-calça, apertar e fazer biquinho com os lábios pra acertar o batom enquanto tirava os bobes do cabelo.

Caramba, Amy tinha milhares de coisas pra fazer, milhares, e podia ser um pouco mais devagar, só um pouquinho, mas ela era daquelas garotas que sempre têm pressa, dessas que são certeiras no que fazem. Ficou pronta com tempo de sobra, acho, e então, imagino, parou na frente do espelho, franziu a testa e sorriu, fez beicinho e inclinou o rosto, encolheu o queixo e olhou de baixo pra cima pras próprias sobrancelhas; analisou-se de frente e de lado, virou de costas e olhou por sobre os ombros, passou a mão na saia sobre a bunda, ajeitou o cinto pra cima e depois pra baixo, pegou o cinto com as duas mãos e encaixou melhor nos quadris. Então... então acho que foi só isso; ela ficou pronta. Então, veio até a minha casa e...

Eu estava pronto. Não totalmente vestido, mas pronto pra ela. Aguardava na cozinha, e ela apareceu sem fôlego, depois de toda aquela correria, e acho que as malas estavam bastante pesadas, acho, e acho que...

Acho que ainda não estou pronto pra falar sobre isso. É muito cedo e ainda não é necessário. Porque, diabos, tivemos duas semanas inteiras antes disso, antes de sábado, 5 de abril de 1952, alguns minutos antes das nove da noite.

Foram duas semanas ótimas, porque, pela primeira vez desde que, sei lá desde quando, eu estava bem à vontade. O fim estava próximo, corria na minha direção e tudo já ia acabar. Eu pensava coisas como, *diabos*, vai em frente, diga algo, faça qualquer coisa, não faz mais a menor diferença. Poderia enrolar por duas semanas tranquilamente; e nem precisaria ficar me censurando.

Passamos todas as noites juntos. Fomos em todos os lugares que ela pediu e fiz tudo o que ela quis fazer. E não foi problema algum, porque ela não quis ir em muitos lugares, nem fazer muita coisa. Uma noite estacionamos perto da escola e vimos o treino do time de beisebol. Em outra, fomos até a estação ver o *Tulsa Flyer* passar e reparamos nas pessoas olhando pela janela do vagão-restaurante e as pessoas que olhavam pra trás do vagão de observação.

E foi só isso que fizemos, coisas assim, além de umas saídas pra tomar sorvete. Na maior parte do tempo, ficamos em casa, na minha casa. Sentados na enorme poltrona do pai, ou deitados na cama lá de cima, com os olhos um no outro, abraçados.

Apenas abraçados na maioria das noites.

A gente ficava deitado por horas, às vezes a gente ficava um tempão sem falar nada, mas o tempo não parecia estar arrastado. Parecia voar. Eu ficava lá, deitado, ouvindo o som dos ponteiros do relógio, as batidas do coração dela e me perguntava por que batiam tão rápido, e me perguntava o *porquê*. E era difícil voltar a dormir depois de acordar, voltar ao pesadelo, que era quando eu lembrava.

Discutimos algumas vezes, mas nada de briga feia. Eu não ia me meter em briga. Deixei tudo acontecer como ela queria e ela tentou fazer o mesmo comigo.

Certa noite, ela disse que algum dia queria ir até a barbearia comigo, pra garantir que eu tivesse um corte de cabelo decente, pra variar. E eu disse... antes de lembrar... que ia deixar o cabelo crescer assim que ela decidisse ir comigo até a barbearia. Aí a gente se desentendeu um pouco, mas nada sério.

Em outra noite, ela me perguntou quantos charutos eu fumava por dia e respondi que não ficava contando. Ela perguntou por que eu não fumava cigarros como "todo mundo" e respondi que eu não sabia que todo mundo fumava cigarros. Eu disse que na minha família tinha duas pessoas que nunca fumaram, o pai e eu. Ela disse, bom, é claro, se você se importa mais com seu pai do que comigo, não temos mais o que conversar. E eu respondi, Jesus amado, por que diabos... o que isso tem a ver com a conversa?

Mas foi só no calor do momento. Nada sério. Aposto que ela esqueceu logo depois, como tinha esquecido da primeira.

Acho que ela se divertiu bastante naquelas duas semanas. Mais do que já tinha se divertido antes na vida.

Então, as duas semanas passaram e chegou a noite do dia cinco de abril; ela mandou os pais pro cinema, correu de um lado pro outro pra se aprontar e ficou pronta. E às oito e meia foi até a minha casa, onde eu já esperava. E eu...

Mas acho que estou me adiantando de novo. Tem mais coisas pra contar antes.

Fui pro trabalho todos os dias úteis daquela semana; e, acredite, não foi fácil. Não queria ver ninguém. Queria ficar em casa, com as cortinas fechadas e não conversar com ninguém, e sabia que isso seria impossível. Fui pra delegacia, me obriguei a ir, como sempre fiz.

Suspeitavam de mim e deixei todos cientes de que eu sabia disso. Mas eu não tinha peso algum na minha consciência, não sentia medo de nada. E continuar indo ao trabalho provava que não havia motivos pra suspeitas. Caramba, como um homem que havia feito o que eles achavam que eu tinha feito seguiria com sua vida e olharia as pessoas nos olhos?

Eu estava abalado. Meus sentimentos haviam sido feridos, é claro. Mas não sentia medo, e provei isso.

Na maioria das vezes, no começo, pelo menos, não me deram muita coisa pra fazer. E, acredite, foi difícil ficar lá, com a cara a tapa e fingindo que não percebia, ou que não me importava. E quando conseguia alguma coisa, entregar um mandado ou algo assim, sempre arranjavam uma desculpa pra algum outro oficial me acompanhar. Ele ficava sem jeito e confuso, porque, claro, o segredo estava guardado entre Hendricks, Conway e Bob Maples. O sujeito estranhava, mas não podia perguntar nada. À nossa maneira, éramos as pessoas mais educadas do mundo. Fazíamos piadas e conversávamos sobre tudo, menos sobre o que passava pela nossa cabeça. Mas o sujeito ficava curioso e envergonhado e tentava me enaltecer — às vezes falavam sobre o que aconteceu a Johnnie Pappas, pra que eu me sentisse melhor.

Um dia, estava voltando do almoço e o chão da delegacia tinha sido encerado. Não fazia muito barulho quando você pisava, e, se escolhesse um trajeto correto pra percorrer, não fazia barulho algum. O oficial Jeff Plummer e o xerife Bob estavam conversando e não me ouviram chegar. Então, parei perto da entrada da sala e escutei. Escutei e consegui ver a cara dos dois: conhecia os dois tão bem que dava pra ver o rosto deles sem estar olhando.

Bob estava na mesa e fingia folhear algum documento. Os óculos estavam quase na ponta do nariz e ele olhava por cima deles de vez em quando. E não gostou do que o oficial Plummer disse, mas ninguém seria capaz de perceber isso, por causa do jeito que Bob olhava sobre os óculos e o jeito que respondia. Jeff Plummer estava agachado sob uma das janelas e fingia estudar as próprias unhas enquanto mascava chiclete. Jeff não gostava de contrariar Bob e até estava dando a impressão de que não era isso que ele estava fazendo: soava distraído, casual... Mas, pode apostar, era isso que ele estava fazendo.

"Não, senhor, Bob", disse devagar. "Pensei nas coisas aí e resolvi que não vou espionar mais ninguém. Não mesmo, pode esquecer."

"Já se decidiu, é isso? Não vai mudar de ideia?"

"É, parece que sim, é o que estou dizendo, certo? Sim, senhor, acho que tá decidido mesmo. Não vejo as coisas de outro jeito."

"É que fica difícil fazer um trabalho se você não quer obedecer as ordens. Acha que consegue fazer isso?"

"Olha", Jeff parecia feliz, como se tivesse tirado um ás contra três reis, "fico muito feliz que tenha mencionado isso, Bob. Respeito quem vai direto ao assunto."

Houve um segundo de silêncio e depois um *clinc,* quando o distintivo do Jeff bateu na mesa. Ele se levantou e caminhou sorridente até a porta, mas não sorria com os olhos. Bob praguejou e saltou da cadeira.

"Seu coiote teimoso! Quer arrancar meus olhos com essa coisa? Se arremessar esse treco mais uma vez, te transformo em mingau."

Jeff raspou as botas; limpou a garganta. Disse que fazia um dia lindo e que qualquer um que dissesse o contrário era louco.

"Acho que ninguém precisa perguntar sobre as maluquices que têm acontecido por aqui, né, Bob? Acho que você concorda que não é, como se costuma dizer, *conveniente.*"

"Bem, não sei se chamaria de maluquices. Eu não estimulei o cara a fazer tantas perguntas. Acho que ele é apenas um homem, e homens fazem o que precisam fazer."

Fui até o banheiro masculino e fiquei lá. E quando voltei ao escritório, Jeff Plummer tinha saído e Bob pediu que eu entregasse um mandado. Sozinho. Não me olhou nos olhos, mas parecia feliz. Estava arriscando o próprio pescoço. Tinha tudo a perder e nada a ganhar, e estava feliz.

E eu não sabia se me sentia melhor ou não.

A vida de Bob não ia durar muito, e tudo o que tinha era o emprego. Jeff Plummer era casado e tinha quatro filhos, o tipo que sempre fica horas parado diante das prateleiras, sempre demorando pra fazer uma escolha. Pessoas assim, bem, elas não têm muita pressa em decidir o que pensam sobre as pessoas. Mas, assim que formam uma opinião, não mudam de ideia. Não conseguem. Preferem morrer.

Toquei minha rotina diária, cumpri meu trabalho, e, de certo modo, as coisas ficaram mais fáceis, porque as pessoas se comportavam com tranquilidade perto de mim, mas, por outro lado, ficou duas vezes mais difícil. Porque as pessoas que confiam em você, que fecham os ouvidos pra qualquer coisa negativa que digam a seu respeito, que nem chegam a pensar em nada ruim, essas são as mais difíceis de enganar. Não dá pra se esforçar demais o tempo todo.

Penso nas minhas... nas pessoas assim, são tantas, e me pergunto *por quê*. Eu precisava repassar a história toda, um passo de cada vez. E, no segundo que resolvia tudo na minha cabeça, começava a me preocupar de novo.

Acho que comecei a cansar de mim. E deles também. De todas aquelas pessoas. Pensava, por que diabos tinham que fazer aquilo — eu não pedia pra se arriscarem por mim, não implorava por amizade. Mas me *ofereceram* a amizade deles e arriscaram o pescoço por mim. Então, pelo menos dessa vez, eu arriscaria o meu.

Eu passava no restaurante do Grego todos os dias. Dava uma olhada na reforma, pedia pra ele me explicar as coisas e oferecia uma carona quando ele precisava ir a algum lugar. Eu dizia que ia ser um restaurante bastante moderno, e que o Johnnie ia adorar — que ele teria adorado. Porque não havia nenhum garoto melhor do que ele, e que agora ele podia olhar pra baixo, lá do alto, e admirar as coisas do mesmo jeito que a gente. Disse que tinha certeza disso, de que Johnnie estava feliz.

E o Grego não respondia muito. Ele era educado, mas quase não falava. Então, não demorava muito e ele me levava até a cozinha e me oferecia café. E me acompanhava até meu carro quando eu precisava ir embora. Ele ficava perto de mim, balançando e balançando a cabeça toda vez que eu mencionava Johnnie. E, de vez em quando, acho que ele lembrava que talvez devesse se sentir envergonhado, e eu sabia que ele queria se desculpar, mas tinha medo de me ofender.

Chester Conway estava ficando mais em Fort Worth, mas voltou à cidade um dia, só por algumas horas, e fiz questão de verificar a situação. Passei de carro bem devagar na frente do escritório dele, lá pelas duas da tarde, quando ele apareceu e chamou um táxi. E antes de perceber o que estava acontecendo, avancei pra cima dele. Pulei do volante, peguei a pasta que ele carregava e o empurrei pra dentro do carro.

Era a última coisa que esperava que eu fizesse. Ficou assustado demais pra falar, e nem teve tempo de dizer nada. Não teve chance de abrir a boca durante todo o trajeto até o aeroporto, porque só eu falava.

"Torci pra encontrar com você, sr. Conway. Queria agradecer a hospitalidade que me ofereceu em Fort Worth. Foi muita consideração sua pensar no meu conforto e no do Bob naquele dia e acho que não fui tão atencioso como deveria. Eu estava meio cansado, pensei mais nos meus problemas do que nos seus, em como o senhor se sentia, e acho que fui meio ríspido com o senhor no aeroporto. Mas não tive intenção de ofender, sr. Conway, e queria me desculpar. Não culparia o senhor se estivesse furioso comigo, porque nunca fui muito esperto e acho que causei uma confusão danada.

"E sei que o Elmer era um sujeito meio inocente e ingênuo, e sabia que uma mulher como aquela não podia prestar. Eu devia ter obedecido o senhor e ido até lá com o Elmer. Não sei bem como teria feito isso, pela maneira como ela agia, mas devia ter ido mesmo assim. Pode acreditar que hoje eu entendo, e se quiser me ofender, ou tirar o meu emprego, e sei que o senhor tem poder pra fazer isso, não vou guardar rancor. Não importa o que o senhor faça, não vai ser o suficiente, não vai trazer o Elmer de volta. E... não conhecia ele muito bem, mas, de certo modo, sinto que conhecia. Acho que é porque ele se parece muito com o senhor. Via ele de longe e pensava que era o senhor. Acho que é um dos motivos de ter procurado o senhor hoje. É como ver Elmer outra vez. Deu pra sentir que, mesmo por alguns minutos, ele estava aqui, de volta, e que nada aconteceu. E..."

Chegamos ao aeroporto.

Ele saiu do carro sem falar ou olhar pra mim e caminhou até o avião. Andou rápido e não chegou a olhar pra trás, nem mesmo pros lados. Foi como se quisesse fugir.

Subiu a rampa, mas já não se movia tão rápido. Caminhava devagar e, na metade do caminho, quase parou. Depois, continuou. Lento, foi arrastando os pés até chegar ao topo da escada. Parou lá por alguns segundos e bloqueou a porta.

Virou-se, sacudiu a pasta e entrou no avião.

Foi um aceno.

Voltei pra cidade e, quando cheguei lá, desisti. Nada mais adiantava. Tinha feito tudo o que dava. Tinha provocado todo mundo e esfregado na cara deles. E não adiantava. Não conseguiam enxergar.

Ninguém me deteria.

Então, sábado à noite, 5 de abril de 1952, alguns minutos antes das nove, eu...

Mas acho que ainda preciso contar mais algumas coisinhas e... Calma, eu *vou* contar o que aconteceu, não se preocupe. Vou contar, sim, exatamente o que aconteceu. Você não precisa adivinhar tudo por conta própria.

Em muitos livros que li, os autores parecem perder o rumo sempre que chegam a algum clímax. Começam a esquecer a pontuação e a grudar uma palavra na outra, a discorrer sobre estrelas brilhantes e sobre afundar em um mar profundo sem sonhos. E não é possível distinguir se o herói está traçando a namorada ou uma parede. Acho que esse tipo de palhaçada é pra ser profunda — vários críticos literários engolem isso de colherada. Mas, na minha opinião, isso é um escritor com preguiça de trabalhar. E eu posso ser muitas coisas, mas preguiçoso eu não sou. Vou contar tudo.

Mas quero contar tudo na ordem certa.

Quero que entenda como foi.

No final da tarde de sábado, conversei a sós com Bob Maples e disse que não estaria disponível pra trabalhar sábado à noite. Disse que Amy e eu tínhamos algo muito importante pra fazer e que talvez precisasse de segunda e terça de folga também. E dei uma piscadela.

"Bom, então", hesitou ele e franziu a testa. "Bem, então, será que talvez..." Em seguida, ele pegou na minha mão e apertou. "Que notícia maravilhosa, Lou. Maravilhosa. Sei que serão felizes juntos."

"Vou tentar não demorar muito pra voltar", disse. "Eu sei que as coisas andam meio esquisitas e..."

"Não andam, não", respondeu ele, e projetou o queixo pra frente. "Está tudo bem, e vai continuar assim. Agora, pode ir, manda um beijo pra Amy e não se preocupe com nada."

Ainda era cedo, então fui até a Derrick Road, estacionei e fiquei lá por um tempo.

Depois, fui pra casa, deixei o carro na calçada mesmo e preparei o jantar.

Deitei na cama por cerca de uma hora, pra digerir a comida. Enchi a banheira e entrei.

Fiquei na banheira por quase uma hora, de molho, enquanto fumava e pensava. Por fim, saí, olhei pro relógio e comecei a separar as roupas.

Preparei a mala de viagens e amarrei as alças de couro. Coloquei cueca e meias limpas, calças passadas e minhas botas de igreja. Deixei de fora minha camisa e a gravata.

Fiquei sentado na ponta da cama, fumando, até as oito da noite. Então, desci pra cozinha.

Acendi a luz da despensa e abri e fechei a porta várias vezes até encontrar o que eu queria. Até jogar a quantidade exata de luz na cozinha. Verifiquei as janelas e me certifiquei de que todas as cortinas estavam fechadas e entrei no escritório do pai.

Tirei o *Concordância Bíblica* da estante e peguei os quatrocentos dólares em notas marcadas, a grana do Elmer. Joguei as gavetas da mesa do papai no chão. Apaguei a luz, encostei a porta até ficar quase fechada, e voltei pra cozinha.

O jornal da noite estava aberto sobre a mesa. Escondi uma faca de açougueiro debaixo dele. E era hora. Ouvi quando Amy entrou.

Ela subiu os degraus, atravessou a varanda e se atrapalhou um minuto pra abrir a porta. Até que entrou, meio sem fôlego e sem paciência, e bateu a porta quando passou por ela. Me viu parado, quieto, sem dizer nada, porque eu tinha esquecido *o porquê* e tentava lembrar. Então lembrei.

E aí — já falei isso antes? — sábado à noite, cinco de abril de 1952, alguns minutos antes das nove horas, eu matei Amy Stanton.

Ou talvez você possa chamar de suicídio.

19

Ela me viu e se assustou por um segundo. Então, largou as duas malas de viagem no chão, chutou uma delas e afastou uma mecha de cabelo da frente dos olhos.

"Pois então!", disse, furiosa. "Parece que nem passou pela sua cabeça me dar uma ajuda! Por que não deixou o carro na garagem?"

Sacudi a cabeça. Não disse nada.

"Eu juro, Lou Ford! Às vezes acho que... E você nem está pronto! Sempre reclama de como sou lerda e, olha só você, na noite do seu casamento ainda por cima, e nem ao menos..." Ela silenciou de repente, apertou os lábios, os seios se erguendo e murchando. Contei dez cliques dos ponteiros do relógio da cozinha antes de ela voltar a falar. "Sinto muito, querido", disse ela, suave. "Não quis..."

"Não precisa dizer nada, Amy. Não precisa dizer mais nada."

Ela sorriu e caminhou na minha direção de braços abertos.

"Não vou dizer, querido. Nunca mais vou falar coisas assim. Mas quero que saiba o quanto..."

"Claro", falei. "Quer desabafar?"

Então, dei um soco no estômago dela, o mais forte que pude.

Senti os dedos fechados tocarem a espinha, e a carne do estômago envolveu todo o meu punho, até o pulso. Meu braço voltou pra trás com força, e a cintura dela se impulsionou pra frente, feito mola.

O chapéu caiu e a cabeça foi pra frente até quase bater no chão. Então, ela tombou de vez e caiu, feito uma criança dando uma cambalhota. Ficou lá, deitada de costas, com os olhos arregalados, e movendo a cabeça de um lado pro outro.

Ela estava vestindo uma blusa branca e um blazer creme — acho que ele era novo, porque não lembro de ter visto aquela roupa antes. Rasguei a blusa pela parte da frente até a cintura. Ergui a saia sobre o rosto dela e ela sacudiu e balançou o corpo inteiro; e ouvi um som engraçado; parecia que ela queria rir.

E então vi a poça se alastrar sob Amy.

Sentei e tentei ler o jornal. Tentei manter os olhos nele. Mas estava meio escuro, não dava pra ler, e ela não parava de se mexer. Parecia que ela não conseguia ficar parada.

Senti algo encostar na minha bota, olhei pra baixo e vi a mão dela. Ficou se mexendo de um lado pro outro no bico da bota. Conseguiu ir chegando perto do meu tornozelo e da minha perna e, por algum motivo, tive medo de sair dali. Então, os dedos dela alcançaram minha canela e me seguraram. Quase não consegui me mover. Levantei e tentei me livrar sacudindo a perna, mas os dedos grudaram firmes na calça.

Saí andando e a arrastei por cerca de três metros até conseguir me soltar.

Os dedos continuaram a se mover, deslizaram e rastejaram pra frente e pra trás, até encontrarem a bolsa, e ali ficaram. Ela puxou a bolsa pra debaixo da saia e eu não consegui mais ver a mão dela.

Bem, aquilo não seria problema. Amy agarrada à bolsa criava um cenário ainda melhor. E sorri um pouco, só de pensar. Ficar grudada na bolsa era a cara dela, sabe? Amy sempre foi muito tensa e... acho que não tinha como ser diferente.

Não havia família melhor na cidade do que os Stanton. Mas os pais estavam doentes há anos, e não tinham muitos patrimônios além da casa. Ela só podia mesmo ser tensa; diabos, qualquer um seria. Porque não tinha como ser diferente, e é tudo o que podemos ser: somos o que somos. E acho que não era muito engraçado quando eu a provocava e fingia espanto quando ela se zangava.

Acho que aquelas coisas que ela comprou pra mim quando fiquei doente não eram tão porcaria. Eram boas porque ela sabia preparar. Acho que o cachorro deles só corria atrás de cavalos quando queria se exercitar. Acho...

Por que diabos o cara ainda não tinha chegado? Por que não estava lá? Fazia uns trinta minutos que ela mal respirava, estava tudo muito difícil pra ela. Eu sabia que não era fácil; então, segurei o fôlego por um tempo, porque sempre fazíamos tudo juntos, e...

Ele chegou.

Eu tinha trancado a tela, então ele não ia conseguir simplesmente entrar, e ouvi quando ele sacudiu a porta.

Acertei dois chutes fortes na cabeça da Amy e ela saltou do chão. A saia descobriu o rosto, e eu sabia que não haveria dúvidas sobre o acontecido. Ela havia morrido na noite do nosso... Então, fui até a porta e ele entrou.

Mostrei o rolo com notas de vinte marcadas e disse:

"Enfia isso no bolso. O resto tá na cozinha", e fui até lá.

Eu sabia que ele colocaria o dinheiro no bolso, e você também sabe, é só lembrar da época de infância. Você se aproximava de alguém e dizia "Aqui, segura isso" e o sujeito provavelmente segurava. A pessoa podia até saber que aquilo era bosta de cavalo, ou uma flor com espinhos ou um rato morto. Mas, se você fosse rápido, a pessoa seguraria qualquer coisa, só pelo reflexo.

Passei a grana bem rápido e fui direto pra cozinha. E ele grudou atrás de mim, porque não queria que eu me afastasse demais.

A luz estava fraca, como eu disse. Fiquei entre ele e ela. Ele estava logo atrás de mim, com os olhos grudados nas minhas costas. Entramos na cozinha e fui rápido em me afastar.

Ele quase tropeçou na barriga de Amy. Acho até que o pé encostou um pouco.

Ele deu um passo pra trás e olhou pro corpo como se seus olhos fossem de aço e ela fosse um ímã. Tentou desviar o olhar, mas apenas os moveu pra trás, até ficarem completamente brancos, até que conseguiu virar a cabeça.

Olhou pra mim com lábios trêmulos, como se estivesse tocando uma gaita, e soltou:

"Aaaaaaaaaaaaaaa!"

Foi um barulho engraçado pra caramba, parecia uma sirene fraca que não liga direito. "Aaaaaaaa. Aaaaaaaa!" Era muito engraçado, e a cara que ele fazia era hilária também.

Já viu um desses cantores de jazz de quinta categoria? Sabe, esses que mexem demais o corpo pra desviar a atenção do fato de não cantarem muito bem? Ficam se inclinando pra trás, com a cabeça empinada pra frente, apoiam as mãos na altura da costela e dançam tudo torto? E meio que cambaleiam e giram o quadril?

Ele ficou assim, e não parava de fazer aquele som engraçado, a boca tremendo em alta velocidade, e só o branco dos olhos aparecendo.

Quase chorei de tanto rir, ele estava tão engraçado que não resisti. Até que me lembrei do que ele tinha feito e parei de rir, e fiquei furioso — furioso e magoado.

"Seu filho da puta", xinguei. "Eu ia me casar com essa garota. Íamos fugir juntos, mas ela te viu entrando na casa e você tentou..."

Parei de falar, porque ele não tinha feito nada disso. Mas *poderia* ter feito. Tanto poderia quanto não poderia. O filho da puta poderia ter feito tudo isso, mas era igual a todos os outros. Era gentil e falso demais pra agir com tanta violência. Mas decidiu me pressionar, me seguiu por toda parte pra que eu não escapasse, e não importava o que eu fizesse, sempre ouvia aquele "Se-eu-fosse-você-abria-o-olho-chefia". E ouvir isso era como levar uma chicotada. E quem tinha feito aquilo tudo foi ele mesmo. E ninguém ia colocar a culpa em mim. Eu era capaz de ser tão ardiloso e falso quanto todos eles.

Eu podia...

Fiquei enlouque... Fiquei furioso com o sujeito, com aquela falsa surpresa, com aquele "Aaaaaa!" e a tremedeira, e os olhos esbranquiçados e o jeito que sacudia as mãos. E ele nem teve que olhar *as mãos* dela, cacete! Que direito ele tinha de agir assim? Eu que devia estar daquele jeito, mas não, *ah não*, eu não podia. Quem podia eram eles — era ele — só ele tinha o direito de agir daquele jeito, e fui obrigado a me conter e me responsabilizar por todo o trabalho sujo.

Fiquei puto da vida.

Peguei a faca de açougueiro debaixo do jornal e avancei pra cima dele.

E aí tropecei no corpo dela.

Voei pra frente. Teria derrubado o sujeito se ele não tivesse saído do caminho, e a faca escapou da minha mão.

Por um minuto, mal consegui mexer um dedo. Fiquei esparramado no chão, indefeso, desarmado. E bem ali onde eu fiquei dava pra rolar um pouco pro lado e colocar meus braços sobre ela, e ficaríamos abraçados, como sempre ficávamos.

Mas acha que ele teria coragem? Acha que ele usaria aquela faca? Uma coisa tão simples de fazer, mas que causaria um problemão pra ele. Ah, não mesmo, Deus do céu, não, Jesus, Maria e José!

Não.

Tudo que conseguiu fazer foi fugir, como sempre fazem.

Peguei a faca e corri atrás daquele filho da puta sem coração.

Quando cheguei à porta, vi que ele já estava na calçada. O canalha tinha ido pra longe. Quando alcancei a rua, ele estava a um quarteirão de distância, a caminho do centro da cidade. Corri atrás dele o mais rápido que pude.

Não consegui ir mais depressa por causa das botas. Conheci muitos homens que não chegaram a caminhar oitenta quilômetros a vida inteira. Mas ele também não corria muito rápido. Ele meio que pulava, mancava, em vez de correr ou andar. Ele corria e balançava a cabeça, e o cabelo esvoaçava. Os cotovelos continuavam grudados na lateral do corpo, enquanto as mãos se agitavam, e ele não parava de gritar — cada vez mais alto — aquele som de sirene esquentando — ele gritava, cada vez mais alto: "Aaaaaaaa! Aaaaaaa! Aaaaaaaaaa...".

Ele pulava e sacudia as mãos e balançava a cabeça feito um fanático religioso num ritual de batismo no rio. "Aaaaaa!" aceite Jesus no coração, pecadores miseráveis, e abram-se ao Senhor, como eu fiz.

Filho da puta nojento! Da escória mais baixa!

"AS-SAS-SI-NO!", gritei. "Parado aí! Pegaaa! Ele matou Amy Stanton! AS-SAS-SI-NO!"

Gritei o mais alto que pude e não parei de gritar. E janelas e portas começaram a abrir. E pessoas correram até as varandas. E tudo isso tirou o sujeito daquele transe. Ou mais ou menos isso.

Ele mancou até o meio da rua e começou a correr mais rápido. Mas eu fui mais ágil, porque a rua ainda era de barro, a última do distrito comercial, e botas foram feitas pra andar no barro.

Ele viu que eu me aproximava e tentou parar com aquela palhaçada manca, mas ele não conseguia. Acho que tinha gastado muita energia com todo aquele "Aaaaaa!".

"ASSASSINO!", gritei. "AS-SAS-SI-NO! Peeega! Ele matou Amy Stanton!"

E tudo aconteceu rápido demais. Sei que parece que demorou, mas só porque estou contando tudo nos mínimos detalhes. Quero descrever tudo exatamente como aconteceu, pra que você não tenha dúvidas.

Quando olhei pra frente, pro distrito comercial, parecia que um exército de automóveis avançava em nossa direção. Então, de repente, foi como se um arado enorme tivesse aparecido na rua e empurrado os carros pro meio-fio.

As pessoas daqui são assim. É assim que elas fazem. Você não vê o povo todo correr pro meio da rua pra ver o que aconteceu. Existem homens que são pagos pra fazer isso e fazem de imediato, discretamente, sem chamar atenção. E o povo sabe que ninguém vai sentir pena deles caso deparem com uma arma ou uma bala.

"Aaaaaaa! Aaaaaaaa! Aaaaaaaaaaaaaa!", ele gritava enquanto pulava e mancava.

"AS-SAS-SI-NO! Ele matou Amy Stanton!"

Lá na frente, um carro velho atravessou a interseção em alta velocidade e Jeff Plummer saiu do veículo.

Ele se abaixou e apontou a Winchester. Sem pressa, com calma. Apoiou-se no para-lama, o calcanhar de uma das botas apoiado no aro do pneu e o cabo contra o ombro.

"Parado aí!", gritou.

Gritou uma vez só e atirou, porque o vagabundo tinha começado a pular em direção à lateral da rua; e todo mundo deveria saber que isso não se faz.

O vagabundo tropeçou, caiu e se apoiou no joelho. Mas voltou a levantar, e ainda sacudia as mãos, e parecia que ia pegar alguma coisa no casaco. E as pessoas deviam saber que isso *realmente* não se faz, que não é bom nem brincar de fazer uma coisa dessas.

Jeff deu três tiros. Alterou três vezes a mira, com muita tranquilidade, e o vagabundo caiu já no primeiro disparo, mas foi atingido por todos os três. Quando chegou ao chão, não tinha sobrado muita cabeça sobre seus ombros.

Me joguei em cima dele e comecei a bater no sujeito. Tiveram que me arrastar de lá. Contei a história toda — que eu estava me arrumando no andar de cima e que tinha ouvido barulhos, mas não tinha dado muita atenção. E...

Nem precisei dar muitos detalhes. Todo mundo parecia ter aceitado o que tinha acontecido.

Um médico, dr. Zweilman, abriu caminho por entre a multidão e aplicou uma injeção no meu braço; e depois me levaram pra casa.

20

Na manhã seguinte, acordei pouco depois das nove da manhã.

Minha boca estava grudenta e minha garganta seca por causa da morfina — não sei por que ele não aplicou escopolamina, como qualquer imbecil faria — e só consegui pensar na sede que sentia.

Fiquei no banheiro, engolindo um copo de água atrás do outro e não demorei a sentir ânsia de vômito. (Confie em mim, quase *qualquer coisa* é melhor do que morfina.) Mas, depois de um tempo, passou. Bebi mais alguns copos e a água ficou no estômago. Esfreguei o rosto com água fria e quente e penteei o cabelo.

Voltei ao quarto, me sentei na cama e fiquei curioso pra saber quem tinha trocado a minha roupa, até que me dei conta. Não em relação a ela. Nem pensei nela. Mas... bem, sobre a situação toda.

Não era pra eu estar ali sozinho. Seus amigos não deixam você sozinho numa situação dessas. A garota com quem eu ia me casar havia sido assassinada, eu tinha passado por uma experiência terrível. E tinham me deixado sozinho. Não tinha ninguém pra me confortar, ou esperar que eu acordasse, ou apenas levantar as mãos pro alto e dizer que aquela era a vontade de Deus e que ela estava feliz e eu... Um homem que passa por uma situação assim precisa dessas coisas. Precisa de toda ajuda e amparo possíveis, eu nunca deixei meus amigos na mão quando passaram por um período de luto. Cacete, eu... Um homem deixa de ser ele mesmo quando um desastre desses acontece. É capaz de cometer algo contra si, e o mínimo que as pessoas podiam fazer era pelo menos deixar uma enfermeira cuidando dele. E...

Nada de enfermeira. Levantei e fui até os outros cômodos, só pra ver se não havia mesmo ninguém.

E eu não ia fazer nada contra mim mesmo. Nunca fizeram nada por mim, e eu não faria nada por eles.

Desci as escadas e... tinham limpado a cozinha. Não havia ninguém lá, exceto eu. Comecei a fazer café, e pensei ter ouvido algo na frente de casa, alguém tossindo. E fiquei tão feliz que senti meus olhos se encherem de lágrimas. Desliguei o fogo do café, fui até a porta da frente e abri.

Jeff Plummer estava na escada.

Estava sentado de lado, com as costas apoiadas na pilastra da varanda. Ele me olhou com o canto do olho, mas voltou a olhar reto, sem virar a cabeça.

"Puxa, Jeff", disse eu. "Quanto tempo faz que você tá aí? Por que não bateu na porta?"

"Tô aqui já tem um tempinho", respondeu. Pegou um chiclete do bolso da frente da camisa e abriu a embalagem. "Sim senhor, tô na área já tem um tempinho."

"Então, entra! Ia preparar um café."

"Prefiro ficar aqui mesmo", disse ele. "O ar aqui cheira bem. O ar é bem gostoso aqui fora."

Ele colocou o chiclete na boca. Dobrou a embalagem várias vezes, até formar um quadrado minúsculo, perfeito, e colocou no bolso.

"Isso mesmo", continuou, "o cheiro é ótimo, sim, senhor."

Senti como se eu estivesse pregado à porta. Tive de ficar parado lá, esperando, enquanto via a boca dele mascar o chiclete, ciente de que ele não olhava pra mim. Não olhou pra mim nem uma vez.

"Teve... alguém chegou a...?"

"Eu disse que você não estava bem", respondeu. "Disse que você estava muito perturbado por causa do Bob Maples."

"Bem, eu... do *Bob?*"

"Ele se matou ontem, à meia-noite. Isso mesmo, o pobre Bob atirou na própria cabeça, e acho que não tinha outro jeito. Acho que sei como ele se sentia."

Ele continuava a não olhar pra mim.

Fechei a porta.

Me encostei nela, meus olhos ardiam, minha cabeça doía; e o choque que me percorreu da cabeça ao coração fez tudo piorar... Joyce, Elmer, Johnnie Pappas, Amy, o... ele, Bob Maples... Mas ele não sabia de nada! Não tinha como saber, não havia provas. Apenas chegou a conclusões precipitadas, como todos os outros. Não podia esperar até que eu explicasse? Cacete, eu ficaria feliz em explicar tudo. Mas ele não esperou; aceitou as próprias conclusões sem prova alguma, como todo o resto da cidade.

Só porque eu estava perto de algumas pessoas que haviam morrido, só porque eu estava por perto quando...

Eles não tinham como saber de nada, porque eu era o único que sabia da verdade — era o único que podia revelar tudo — e não tinha revelado nada.

E pode apostar que jamais revelaria.

Na verdade, aliás, pela lógica, e não se pode excluir a lógica, não havia nada pra contar. Existência e prova são inseparáveis. Você precisa da segunda pra conferir a primeira.

Me concentrei nesse raciocínio e preparei um belo café da manhã. Mas não consegui comer nada. A droga da morfina tinha acabado com o meu apetite, como sempre. Tudo o que consegui engolir foi uma fatia de torrada e duas ou três xícaras de café.

Subi de volta pro quarto, acendi um charuto e me atirei na cama. Eu... Um homem que havia passado por tantas desgraças merecia estar na cama.

Perto das onze e quinze ouvi a porta da frente se abrir e fechar, mas fiquei deitado. Fiquei lá, parado, esticado na cama, fumando, quando Howard Hendricks e Jeff Plummer entraram.

Howard acenou de leve e arrastou uma cadeira pra perto da cama. Jeff sentou mais longe, em uma cadeira de balanço. Howard mal conseguia se conter, mas tentou. Tentou mesmo. Fez o melhor que pôde pra parecer sério e abalado e manter firmeza na voz.

"Lou", disse ele, "a gente... eu... não estou satisfeito. O que aconteceu ontem à noite... todos esses acontecimentos dos últimos tempos... tudo isso me deixou incomodado, Lou."

"Bom", respondi, "é natural. Não seria normal se tivesse gostado do que aconteceu. Também não gosto."

"Você entendeu o que eu quis dizer!"

"Claro que entendi. Sei bem como..."

"Escute, esse suspeito, o assassino-estuprador... Esse pobre coitado que você disse que é um assassino e estuprador. Sabemos que ele não era nada disso! Ele trabalhava no oleoduto. O salário estava no bolso. E... E sim, sabemos que ele não estava bêbado porque tinha acabado de jantar um bife enorme! Não tinha o menor motivo pra estar aqui, nesta casa; então, a srta. Stanton não teria como..."

"Tá duvidando de que ele esteve aqui, Howard?", perguntei. "Seria fácil provar o contrário."

"Bem, ele não perambulava pela região, disso temos certeza! Se..."

"Por quê?", perguntei. "Se não perambulava por aqui, o que ele queria?"

Os olhos dele começaram a cintilar.

"Esquece! Vamos deixar isso de lado por um momento! Mas vou dizer uma coisa. Se acha que não sabemos que você plantou o dinheiro nele pra fazer parecer que..."

"Que dinheiro?", perguntei. "Você disse que ele estava com o salário no bolso."

Tá vendo? O sujeito era um amador. Se fosse mais esperto, teria esperado até que eu mencionasse as notas marcadas.

"O dinheiro que você roubou de Elmer Conway! O dinheiro que roubou na noite que assassinou o Elmer e aquela mulher!"

"Ah, peraí, calminha aí", franzi as sobrancelhas. "Uma coisa de cada vez. Por que você tá falando da mulher? Por que mataria ela?"

"Porque, bom, porque matou Elmer e precisava eliminar a mulher."

"Mas por que eu mataria o Elmer? Conheci o cara a vida inteira. Se eu quisesse fazer algum mal a ele, não teriam me faltado chances."

"Você sabe...", parou, de repente.

"Então?", perguntei, curioso. "Por que eu mataria o Elmer, Howard?"

É claro que ele não sabia o que responder. Chester Conway estava por trás disso.

"Você matou o Elmer", acusou, com o rosto avermelhado. "Você matou a garota. Enforcou Johnnie Pappas."

"Nada disso faz o menor sentido, Howard." Balancei a cabeça. "Você insistiu pra que eu conversasse com o garoto porque sabia que eu gostava dele e que ele gostava de mim. E agora me acusa de matar o moleque."

"Você precisou fazer isso pra se proteger! Foi você quem deu a nota de vinte marcada pro garoto!"

"Você tá louco", falei. "Pensa bem, não foram quinhentos dólares que ficaram perdidos? Você tá me acusando de matar Elmer e a garota por quinhentos dólares? É isso que você tá dizendo, Howard?"

"Estou dizendo que... que... maldição, Johnnie não estava nem perto do local dos crimes! Ele estava roubando pneus quando os assassinatos aconteceram!"

"Tem certeza?", perguntei, com calma. "Alguém viu ele, Howard?"

"Sim! Quer dizer, é..."

Entende o que estou dizendo? Só estilhaço.

"Digamos que Johnnie não tenha matado ninguém", sugeri. "E você sabe como foi difícil pra mim acreditar que foi ele, Howard. Disse isso no ato. Sempre pensei que ele estivesse assustado e delirante quando se enforcou. Eu era o único amigo dele e pareceu que eu não acreditava nele e..."

"Amigo dele? Jesus!"

"Então, acho que não foi ele. A coitada da Amy foi morta quase que do mesmo jeito que aquela garota. E esse homem... Você disse que ele tinha boa parte da grana desaparecida. Quinhentos dólares são muita coisa pra um sujeito como aquele, e já que os dois assassinatos foram bem parecidos..."

Deixei minha voz se esvair e sorri pra ele. A boca de Howard se abriu e fechou.

Estilhaços. Era tudo o que ele tinha.

"Você cuidou de tudo direitinho, não foi?", sugeriu ele, em tom suave. "Quatro, cinco assassinatos. Seis se contarmos o velho Bob Maples, que depositava toda confiança em você, e você fica aí, com suas explicações e esse sorrisinho. Não está nem um pouco abalado. Como consegue, Ford? Como?"

Dei de ombros.

"Alguém precisa manter a cabeça fria, já que tá na cara que você não consegue. Mais alguma pergunta, Howard?"

"Tenho, sim", assentiu, devagar. "Só mais uma. Como a srta. Stanton adquiriu as marcas no corpo? As antigas, não as de ontem à noite. As mesmas que encontramos no corpo da Lakeland. Como ela conseguiu aquilo, Ford?"

Estilha...

"Marcas? Puxa, agora você me pegou, Howard. Como vou saber?"

"Co-omo", gaguejou ele, "como saberia?"

"É", disse eu, curioso. "Como?"

"Desgraçado! Você trepava com ela há anos! Seu..."

"Não diga isso", intimei.

"Não", Jeff Plummer disse, "não diga isso."

"Mas..." Howard se virou pro Jeff e depois de volta pra mim. "Tudo bem. Vou ficar quieto! Não preciso dizer nada. A garota nunca saiu com ninguém além de você, e só você poderia ter feito aquilo! Você batia nela do mesmo jeito que batia na puta!"

Ri, meio que com tristeza.

"E a Amy ficava quietinha, é isso, Howard? Eu enchia a Amy de porrada e ela ainda ficava comigo? Louca pra casar? Não faz sentido pra mulher nenhuma, muito menos com a Amy. Você não diria uma coisa dessas se conhecesse Amy Stanton."

Ele sacudiu a cabeça e me encarou, como se eu fosse uma espécie de atração de circo. O velho estilhaço não ajudava o sujeito em nada.

"É possível que a Amy tenha se machucado uma vez ou outra", continuei. "Ela fazia muitas coisas, cuidava da casa e dava aulas, fazia de tudo e mais um pouco. Seria estranho se não se machucasse de vez em quando com tantas..."

"Não foi o que eu disse. Você sabe do que estou falando."

"... mas, se *você* pensa que eu sou o responsável, e que ela aguentava, está completamente maluco. Você não conhecia Amy Stanton."

"Talvez você não a conhecesse."

"Eu? Mas você acaba de dizer que estávamos juntos desde sempre..."

"Eu..." Ele hesitou e franziu a testa. "Não sei. Não sei exatamente o que aconteceu e não vou fingir o contrário. Mas acho que você não conhecia ela direito. Não tão bem quanto..."

"É?", perguntei.

Ele colocou a mão por dentro do casaco e tirou um envelope quadrado e azul. Abriu e removeu duas folhas. Vi que estava escrito dos dois lados, quatro páginas. Reconheci a letra delicada.

Howard olhou por cima dos papéis e me pegou olhando pra ele.

"Encontramos na bolsa dela." *Na bolsa dela.* "Escreveu em casa e, pelo visto, planejava entregar a você assim que saíssem de Central City. Na verdade...", ele olhou pra carta, "ela planejou que vocês iam parar em algum restaurante à beira da estrada pra que você pudesse ler a carta enquanto ela ia ao banheiro. A carta diz: 'Querido Lou...'."

"Me dá isso aqui", falei.

"Eu leio!"

"A carta é dele", lembrou Jeff. "Entrega pra ele."

"Tá bom."

Howard deu de ombros e jogou a carta na minha direção. Eu sabia que essa era a intenção dele; que eu lesse a carta enquanto ele ficava ali sentado, me observando.

Olhei as páginas, frente e verso, e não consegui desgrudar os olhos:

Lou, querido:

Agora sabe por que pedi que parasse aqui, e por que pedi licença para ir ao banheiro. Foi para que lesse esta carta com tudo o que não consigo falar para você. Por favor, por favor, leia com atenção. Você terá tempo. E, caso eu pareça confusa e desconexa, por favor, não sinta raiva. É apenas porque amo você demais, e estou um pouco assustada e preocupada.

Querido, quero expressar o quão feliz você me deixou nessas últimas semanas. Gostaria de ter certeza de que você sente, pelo menos, uma fração da felicidade que sinto. Apenas uma gotinha. Às vezes, tenho a sensação maravilhosa de que sim, de que você esteve tão feliz quanto eu (apesar de parecer impossível!) e, em outros momentos, tento me convencer de que... Ah, eu não sei, Lou!

Acho que o problema é que tudo aconteceu rápido demais. Passamos anos e mais anos juntos e você parece ter ficado cada vez mais indiferente. Parece ter se afastado de mim e sentido prazer em me obrigar a correr atrás de você. (Parecia, Lou, não digo que você fez isso.) Não quero me isentar da minha responsabilidade, querido. Quero apenas explicar, fazer com que entenda que não vou mais me comportar dessa maneira. Não serei mais agressiva, exigente, repressora e... talvez eu não consiga mudar todos esses comportamentos de uma só vez (mas tentarei, querido, observarei meus modos com atenção, mudarei o mais rápido possível), mas se você apenas me amar, Lou, se agir como se me amasse, tenho certeza de que...

Entende como me senti? Consegue ter alguma ideia? Percebe por que eu agia como agia e por que não farei mais isso? Todos sabiam que eu era sua. Quase todos. Eu queria que fosse assim: era impensável ter qualquer outro. Porém, mesmo que eu quisesse, seria impossível. Eu era sua. Sempre seria, mesmo que me abandonasse. E parecia que você deslizava cada vez mais por entre meus dedos, Lou, e ainda me possuía, mas não se permitia ser meu. Você começou (parecia, querido, parecia) a me deixar sem alternativas — e que essa era sua intenção, e que eu era indefesa — e você parecia gostar disso. Você me evitava. Me obrigava a persegui-lo. Me obrigava a questioná-lo, a implorar, e então agia confuso, inocente... Me perdoa, querido. Não quero criticá-lo mais, nunca mais. Só quero que entenda, e acredito que apenas outra mulher é capaz de fazer isso.

Lou, quero perguntar uma coisa, algumas coisas, e imploro para que, por favor, por favor, por favor, não interprete mal minhas intenções. Você sente — oh, por favor, que não seja isso — medo de mim? Sente que precisa me tratar com gentileza? Pronto, não direi mais nada, mas entende o que quero dizer, tão bem quanto eu, pelo menos. E perceberá...

Espero e rezo para que eu esteja errada, querido. Espero com todas as minhas forças. Mas temo — você está com algum problema? Há algum peso sobre seus ombros? Não quero perguntar mais nada a respeito disso, mas quero que acredite que, o que quer que seja, mesmo se for o que eu — o que quer que seja, Lou, estou do seu lado. Eu amo você (cansou de me ouvir dizer isso?) e conheço você. Sei que jamais faria algo de errado, não propositalmente, você é incapaz disso, e amo tanto você que... deixe-me ajudá-lo, querido. O que quer que seja, qualquer ajuda que precise. Mesmo que, para isso, precisemos nos separar por algum tempo, muito tempo, vamos — deixe-me ajudá-lo. Porque esperarei por você, o tempo que for — e talvez não demore muito, talvez seja apenas uma questão de — bem, vai dar tudo certo, Lou, porque você não faria nada propositalmente. Eu sei disso, todos sabem disso, e vai dar tudo certo. Nós daremos um jeito, você e eu, juntos. Você só precisa me contar. Só precisa deixar que eu o ajude.

Enfim. Pedi que não sentisse medo de mim, mas sei como se sentiu, como costumava se sentir, e sei que pedir que faça alguma coisa talvez não seja o bastante. Foi por isso que pedi para parar neste lugar, onde os ônibus passam. É por isso que vou dar todo o tempo que precisar. Para provar que você não precisa ter medo.

Espero que, quando eu voltar à mesa, você ainda esteja nela. Mas, caso contrário, se sentir que não é capaz de... então, apenas deixe minhas malas no restaurante. Tenho dinheiro e posso conseguir emprego em alguma outra cidade e — faça isso, Lou. Se sentir que é o que precisa fazer. Vou compreender, tudo vai ficar bem — acredite em mim, Lou, vai ficar tudo bem — e...

Oh, querido, querido, querido, amo muito você. Sempre amei e sempre amarei, o que quer que aconteça. Sempre, querido. Sempre e sempre. Para todo o sempre.

Sempre e para sempre,
Amy

21

Muito bem. ENTÃO?

O que vai fazer? Vai dizer alguma coisa?

O que vai dizer quando estiver afogando na própria merda e eles continuarem te chutando pra dentro dela, quando todos os gritos do inferno não forem tão altos quanto sua vontade de gritar, quando estiver no fundo do poço, com a pressão do mundo inteiro sobre seus ombros, quando tiver só um rosto, sem olhos ou ouvidos, mas que ainda observam e escutam...

O que você vai fazer e dizer? Ora, parceiro, é simples. Tão fácil quanto pregar o próprio saco em um toco de madeira e cair de costas. Deita aí e relaxa porque a resposta é fácil.

Você vai dizer: "Sou um homem de bem e não mereço isso". Vai dizer: "Vencedores não desistem e os que desistem nunca vencem". Você vai sorrir, rapaz, vai exibir aquele seu velho sorriso de lutador. E vai sair da merda e encher todos de porrada, rápido e com força e — e vai lutar!

Rá!

Dobrei a carta e joguei de volta pro Howard.

"Rapaz, ela gostava mesmo de falar", comentei. "Era um doce, mas falava demais. E, pelo jeito, quando não falava, precisava escrever."

Howard engoliu a saliva.

"Isso... É tudo o que você tem a dizer?"

Acendi um charuto, fingi que não tinha ouvido. A cadeira de Jeff Plummer rangeu.

"Eu gostava da srta. Amy", disse ele. "Deu aula pros meus quatro filhotes, e tratava todos bem. Ela tratava bem aquela meninada toda, não importava quem fossem os pais."

"Sim, senhor", respondi. "Ela trabalhava com muito amor no coração."

Dei uma baforada no charuto e a cadeira de Jeff rangeu de novo, mais alto do que a primeira vez, e o ódio no olhar de Howard parecia me açoitar. Ele engoliu como alguém que engole o próprio vômito.

"Tão cansados, amigos?", perguntei. "Agradeço por me visitarem em um momento como este, mas não quero atrapalhar o dia de vocês."

"Seu... seu!"

"Vai começar a gaguejar, Howard? Tenta praticar com uma pedra na boca. Ou talvez um estilhaço."

"Filho da puta imundo! Seu..."

"Não me chame disso", rugi.

"Não", interferiu Jeff, "não fala isso. Nunca diga nada sobre a mãe de um homem."

"Pro inferno com essa palhaçada! Ele... você", ele ergueu o punho em minha direção, "você matou aquela garota. Ela nunca mais vai respirar!"

Eu ri.

"Ela escreveu a carta depois que eu matei ela, é isso? Belo truque."

"Você entendeu o que quero dizer. Ela sabia o que você ia fazer."

"E mesmo assim queria casar comigo?"

"Ela sabia que você matou todas aquelas pessoas!"

"É? Engraçado, ela nunca disse nada."

"Disse, sim! Ela..."

"Não me lembro de ela mencionar nada disso. Não me lembro de ter dito nada muito relevante. Só as típicas preocupações de mulher."

"Você matou Joyce Lakeland e Elmer Conway e Johnnie Pappas e..."

"O presidente McKinley?"

Ele caiu de costas na cadeira, respirando fundo.

"Você matou todas essas pessoas, Ford. Você matou todas elas."

"Então, por que não me prende? O que está esperando?"

"Não se preocupe", acenou, com um sorriso no rosto. "Não se preocupe. Não vou esperar muito."

"Eu também não", respondi.

"O que quer dizer?"

"Você e sua gangue do tribunal querem vingança. Resolveram pular no meu pescoço porque Conway mandou, só não sei por quê. Não têm prova nenhuma, mas querem manchar meu nome e..."

"Espere um minuto, nós não..."

"Querem, sim. Mandou Jeff aqui hoje pra afugentar visitantes. Você mesmo faria isso, mas não pode, porque não tem prova nenhuma e as pessoas me conhecem muito bem por aqui. Sabe que não vai conseguir me acusar de nada, então quer arruinar a minha reputação. E, com o apoio do Conway, talvez até consiga. Talvez consiga e não há nada que eu possa fazer. Mas não pense que vou ficar de braços cruzados. Vou deixar a cidade, Howard."

"Ah, não vai, não. Esteja avisado, aqui, agora, nem pense em deixar a cidade."

"Quem vai me impedir?"

"Eu."

"Com base em quê?"

"Assassi... Suspeita de assassinato."

"Mas quem suspeita de mim, Howard, e por quê? Os Stanton? Acho que não. Mike Pappas? Esquece. Chester Conway? Sabe o que eu acho dele? Acho que prefere ficar nos bastidores, Howard. Duvido que ele diga ou faça alguma coisa, não importa o quanto você precise dele."

"Entendi", disse ele. "Entendi."

"Está vendo aquele buraco atrás de você?", perguntei. "Bem, caso não tenha reparado, é uma porta, Howard, e não consigo pensar nos motivos que impedem você e o senhor Plummer de passarem por ela."

"Pode deixar, nós vamos, sim", disse Jeff, "e você vem junto."

"Esquece. Não vou, não. Não tenho a menor intenção de fazer isso, senhor Plummer. Pode acreditar."

Howard ficou sentado. O rosto dele parecia um purê de batata vermelho, mas fez um gesto com a cabeça e Jeff também permaneceu sentado. O Howard estava mesmo se esforçando bastante.

"Eu... Resolver esse assunto é tão bom pra você quanto pra nós, Ford. Peço pra que permaneça, pra que fique disponível até..."

"Quer que eu coopere com você?", perguntei.

"Sim."

"Ali está a porta", apontei. "Peço que fechem com cuidado. Estou em estado de choque e posso ter uma recaída."

Howard torceu e abriu a boca, e fechou de novo. Suspirou e alcançou o chapéu.

"Eu gostava muito do Bob Maples", comentou Jeff. "Gostava muito da srta. Amy."

"Tem certeza?", perguntei. "Jura?"

Coloquei o charuto no cinzeiro, recostei no travesseiro e fechei os olhos. Uma cadeira estalou e rangeu bem alto, ouvi Howard dizer "Calma, Jeff" e depois ouvi um som que parecia um tropeço.

Abri os olhos. Jeff Plummer estava bem na minha frente. Exibia um sorriso e sua mão segurava uma 45 com o cão engatilhado.

"Tem certeza de que não vem com a gente?", perguntou. "Não prefere mudar de ideia?"

Percebi na voz de Plummer que ele torcia pra eu não mudar de ideia. Ele implorava por isso, torcia pra que eu dissesse não. E percebi que não seria inteligente pronunciar nem sequer uma letra.

Levantei e comecei a me vestir.

22

Se eu soubesse que o amigo advogado de Rothman, Billy Boy Walker, estava ocupado no Leste, com problemas pra sair de lá, acho que teria me sentido diferente. Talvez eu tivesse dado com a língua nos dentes de imediato. Mas, por outro lado, talvez não. Tive a sensação de que voava rápido por um corredor de mão única, e que estava quase chegando ao meu destino. Estava quase lá, a toda velocidade; então, por que eu iria apressar as coisas? Não faria o menor sentido, e você sabe que não gosto de coisas sem sentido. Você sabe, ou vai saber.

Passei o primeiro dia e a primeira noite em uma cela particular, mas me colocaram no porão já na manhã seguinte, fui direto pra cela onde eu... Onde Johnnie Pappas morreu. Eles...

Como isso aconteceu? Ah, claro, eles podem fazer isso. Podem fazer qualquer coisa que esteja ao alcance deles, e desde que você seja pequeno o suficiente pra ser obrigado a engolir. Você não é fichado. Ninguém sabe onde você está, e não tem como uma pessoa de fora te achar. Não é legal, mas faz tempo que descobri que o tribunal é justamente o lugar mais favorável do mundo pra abusar da lei.

É, eles podem fazer o que quiserem.

Bem, como eu dizia... Passei o primeiro dia e a primeira noite em uma cela isolada, e tentei mentir pra mim o tempo todo. Ainda não tinha coragem de encarar a verdade, então fingi que existia alguma solução, sabe? Tipo aquele jogo de criança?

Você fez algo bastante errado, ou quer algo proibido e pensa, bom, se eu fizer isso desse jeito e depois desse, consigo ajeitar as coisas. Sabe? Se eu encostar na árvore e contar mil de trás pra frente, ou se eu recitar o discurso de Gettysburg na língua do P enquanto esfregar o dedão do pé com o dedinho, vai dar tudo certo.

Brinquei muito disso, imaginava jogos desse tipo, tentava fazer coisas impossíveis dentro da minha cabeça. Pensava: vou pulando de Central City até San Angelo sem parar. Ou imaginava que tinha graxa nos oleodutos que atravessam o Rio Pecos, e que eu devia pular sobre ele com um pé só, vendado e com uma bigorna acorrentada no pescoço. Eu realmente chegava a suar e ofegar, às vezes. Imaginava meus pés doloridos e cheios de bolhas de tanto pular pela rodovia de San Angelo; ou a bigorna me desequilibrando, me puxando de um lado pro outro, me desviando do caminho; mas, enfim, eu cumpria o desafio, exausto, esbaforido. E... e depois imaginava que precisava fazer algo ainda mais difícil.

Bom, então me colocaram na cela onde Johnnie Pappas tinha morrido e logo vi por que não me colocaram direto nela. Precisaram antes fazer algumas alterações por ali. Não percebi tudo o que haviam mudado, só notei aquela lâmpada nova no teto. Mas me deitei no colchão, pensando nas artimanhas dos artistas de fuga quando, de repente, ouvi a voz de Johnnie Pappas:

"*Oi, pessoal. Estou me divertindo muito e gostaria que estivessem aqui. Até breve.*"

Era o Johnnie, sim, com aquela voz aguda que usava quando queria dar uma de esperto. Pulei do colchão e comecei a olhar em volta, e pra cima e pra baixo. Até que ouvi a voz novamente:

"*Oi, pessoal. Estou me divertindo muito e gostaria que estivessem aqui. Até breve.*"

Ele repetia sempre a mesma coisa, com intervalo de uns quinze segundos e, caramba, assim que consegui parar uns minutos pra pensar, entendi o que estava acontecendo. Era um gravador de voz daqueles de quinta categoria, do tipo que estraga na segunda usada. Johnnie mandou aquilo pros pais quando foi até a feira em Dallas. Ele me contou isso quando falou sobre a viagem... e me lembrei porque eu gostava do Johnnie e não tinha esquecido a história. Ele me contou e pediu desculpas por não ter mandado uma mensagem pra mim, mas tinha perdido toda grana em algum tipo de jogo de azar e teve de pedir carona pra voltar a Central City.

"Oi, pessoal..."

Fiquei curioso pra saber o que tinham dito ao Grego, porque duvido que ele teria entregado a fita se soubesse pra o que seria usada. Ele sabia o quanto eu gostava do Johnnie e que Johnnie gostava de mim.

Tocaram a gravação sem parar, de umas cinco da manhã até meia-noite. Ficaram com meu relógio, então não sei dizer direito quantas horas tinham se passado. Não parava nem quando me traziam água e comida duas vezes ao dia.

Eu ficava deitado e ouvia, ficava sentado e ouvia. E, vez ou outra, quando me lembrava, levantava e caminhava pela cela. Fingia que aquilo me incomodava até os ossos, mas é claro que não incomodava. Por que incomodaria? Mas queria que pensassem que sim, pra que não desligassem. E acho que devo ter fingido bem, porque tocaram aquilo por três dias e meio. Até que perdeu a graça, acho.

Depois disso, passei os dias em silêncio. No máximo, ouvia sons distantes, como os alarmes da fábrica, que não eram boa companhia.

Tinham ficado com meus charutos e fósforos, é claro, e fiquei bastante agitado no primeiro dia, porque achava que queria fumar. É, só *achava* mesmo, porque, na verdade, não queria. Eu fumava charutos há, bem, uns onze anos. Desde os 18, quando o pai disse que eu tinha que virar homem, então ele esperava que eu agisse como tal e fumasse charutos. Nada de cigarros fininhos na boca. Por isso eu fumava charutos desde aquela época e nunca admiti que detestava. Mas, agora, podia admitir. Precisava admitir e admiti.

Durante uma crise o homem amplia sua capacidade de concentração. Bela frase, hein? Eu posso falar assim, se eu quiser. O mundo vira palco de preocupações imediatas, isento de ilusões. Posso falar assim a hora que quiser.

Não tinham me pressionado, nem mesmo tentado me interrogar desde a manhã que me trancaram. Ninguém, em momento algum. Tentei me convencer de que esse era um bom sinal. Não havia evidências; eu só tinha enfurecido a todos, e por isso estavam me dando um susto, do mesmo jeito que já fizeram com centenas de outros sujeitos. Mas logo cansariam e me deixariam ir embora, ou Billy Bob Walker apareceria e os obrigaria a me libertar... Era o que eu repetia a mim mesmo, e fazia sentido — todos os meus raciocínios fazem. Mas era a mesma sensação de segurança que dá pra ter quando você está à beira de um precipício, bem diferente daquela que você sente quando está com os pés firmes no chão.

Não tinham tentado me interrogar, nem me torturar pra descobrir a verdade, e eu só conseguia pensar em dois motivos pra agirem assim. Primeiro, sabiam que não ia adiantar nada. É impossível pisar no calo de um homem de pernas amputadas. Segundo — o segundo motivo — era que podiam estar pensando que não precisavam fazer nada disso.

Vai ver que eles *tinham* alguma evidência.

Desde o princípio.

Por que não falaram nada? Bem, havia alguns motivos pra isso também. Pra começo de conversa, não tinham certeza se o que tinham era de fato uma prova porque não tinham certeza do meu envolvimento. Eu havia despistado a todos com a situação do Johnnie Pappas. Além disso, talvez *não pudessem* usar o que tinham — a prova não estava totalmente pronta pra ser usada.

Mas agora tinham certeza do que eu fizera, apesar de não compreenderem meus motivos. E não demoraria até a prova ficar pronta pra ser usada. E acho que não me soltariam até que ficasse. Conway estava determinado a me pegar, e tinha ido longe demais pra recuar.

Lembrei do dia em que Bob Maples e eu fomos até Fort Worth no avião do Conway sem sermos convidados, mas como depois ele resolveu dar ordens assim que pousamos. Entende? O que seria mais evidente? Ele deixou tudo muito claro naquele dia.

Então, Bob voltou pro hotel bem chateado com algo que Conway tinha falado, algo que tinha mandado Bob fazer. E ele não me disse o que foi. Só falava sobre o quanto me conhecia bem, que eu era um sujeito legal e... cacete, tá percebendo? Não entendeu ainda?

Fiz vista grossa porque fui obrigado. Não tinha coragem de encarar os fatos. Mas acho que você percebeu a verdade desde o início.

Viajei com Bob de trem de volta pra casa, enquanto ele estava bêbado, chateado com alguma brincadeira que eu tinha feito. Então, ele me deu uma bronca e, ao mesmo tempo, explicou a minha situação. Ele disse — como foi mesmo? — *"É sempre mais claro um pouco antes de escurecer..."*

Ele estava bêbado e chateado quando disse aquilo. Demorou tanto pra dizer que fiquei desconfortável. Ele tinha razão pra isso, apesar de ter se atrapalhado um pouco com as palavras. Ele tentou ser sarcástico, mas, no final, era verdade. Pelo menos foi o que me pareceu.

Realmente *é* mais claro antes de escurecer, sem dúvida. Independentemente do que um homem enfrente, ele só se sente melhor quando sabe que *está* dando conta do recado. Era o que parecia pra mim, e eu tinha experiência no assunto.

Uma vez admitida a verdade sobre a evidência, foi fácil admitir o resto. Parei de inventar desculpas pro que eu tinha feito, parei de acreditar nos motivos que eu mesmo tinha inventado e enxerguei a verdade. E não era nada difícil de ver. Quando você escala um precipício, ou quando luta pela vida, você fica de olhos fechados. Sabe que, se abrir, vai ficar tonto e cair. Mas, depois que atinge o solo, abre os olhos. E consegue ver onde tudo começou, e pode rastrear os passos até o topo do precipício.

Os meus começaram com a governanta. Quando o pai descobriu. Toda criança apronta coisa que não deve, principalmente quando algum adulto apronta junto, então achei que aquilo tudo não era nada sério. Mas o pai deixou claro que era. Entendi que eu tinha feito algo imperdoável, que sempre seria um peso entre a gente, meu único parente. E não havia nada que eu pudesse fazer ou dizer pra mudar a situação. O peso do medo e da vergonha foram colocados em cima de mim e eu nunca poderia me livrar.

Ela foi embora e eu não tinha como descontar nela, isso mesmo, não tinha como matar a governanta por aquilo que eu entendia que ela havia provocado. Mas esse não era o problema. Ela foi a primeira mulher que conheci, ela era *toda e qualquer* mulher; o rosto dela estava em todas. Então, eu poderia me vingar de qualquer uma, de qualquer fêmea, as que seriam mais fáceis de agredir, e seria o mesmo que fazer com ela. E foi o que fiz, comecei a agredir mulheres... e Mike Dean levou a culpa.

Papai começou a apertar o cerco ao meu redor depois daquilo. Ele mal conseguia passar uma hora sem verificar onde eu estava. Anos se passaram sem que eu machucasse ninguém, e passei a separar o que eram as mulheres e *a* mulher. Então, papai afrouxou um pouco a coleira, eu parecia normal. Mas, volta e meia eu me pegava tentando me mostrar apático, na tentativa de aplacar a pressão enorme que crescia dentro de mim. E, mesmo sem isso, eu sabia — embora jamais reconhecesse o fato — que não me sentia bem.

Se eu tivesse fugido pra algum lugar, longe das coisas que me lembravam o tempo todo o que tinha acontecido e houvesse algo que eu quisesse fazer — algo pra ocupar minha cabeça —, talvez tivesse sido diferente. Mas não pude escapar, e não havia nada aqui que eu quisesse fazer. Então, nada havia mudado; eu ainda procurava por *ela*. E qualquer mulher que fizesse o que ela fez seria *ela*.

Mantive Amy afastada de mim durante anos justamente porque amava a garota, não pelo contrário. Tive medo do que poderia acontecer entre nós. Tive medo do que eu faria... do que fiz, no fim das contas.

Agora posso admitir que nunca tive motivos pra pensar que Amy causaria problemas. Ela era orgulhosa demais, teria que ferir muito a si mesma; e, afinal, ela me amava.

Também nunca tive motivos pra temer que Joyce causasse problemas. Até onde conhecia a garota, era esperta demais pra tentar algo do gênero. Mas, se tivesse ousadia de tentar — se estivesse furiosa a ponto de não se importar com mais nada —, não teria chegado a lugar nenhum. Afinal, ela era só uma puta e eu era um cidadão de bem, de família. E ela não conseguiria abrir a boca duas vezes antes de ser expulsa da cidade.

Não, eu não tinha medo do que ela pudesse falar. Não tinha medo de perder o controle, se tivesse continuado com ela. Nunca tive controle, mesmo antes de conhecer ela. Controle algum — apenas sorte. Porque qualquer uma que me lembrasse do peso que eu carregava, qualquer uma que fizesse o que a primeira *ela* fez, morreria...

Qualquer uma. Amy. Joyce. Qualquer uma que se tornasse *ela,* mesmo que por um momento.

Eu mataria todas.

Eu continuaria tentando até matar todas elas.

Elmer Conway também precisou sofrer, por causa *dela.* Mike tinha levado a culpa por mim e depois foi assassinado. Então, além do peso, eu tinha uma dívida terrível com ele, daquelas que não podem ser pagas. Nunca seria capaz de compensar meu irmão pelo que ele fez por mim. A única coisa que eu podia fazer foi o que fiz... Tentar acertar as contas com Chester Conway.

Esse foi o principal motivo de ter matado Elmer, mas não o único. Os Conway faziam parte do círculo, da cidade que me barrava; os arrogantes, os hipócritas, os cretinos cheios de soberba — os canalhas que eu precisava encarar todos os dias. Eu precisava sorrir e acenar e ser agradável com todos. E talvez exista gente assim no mundo inteiro; mas, quando é impossível escapar desses tipos, quando grudam em você o tempo todo e você não consegue se soltar, nunca, nunca consegue se soltar...

Bom.

E tem o vagabundo. Alguns outros que ataquei. Sei lá — não sei o que pensar sobre eles.

Eram pessoas que não precisavam existir. Pessoas que engoliam o que acontecia porque não tinham orgulho ou coragem pra revidar. Então, talvez fosse isso. Talvez eu acredite que o sujeito que não briga quando deve merece que uma tragédia caia sobre a cabeça.

Talvez. Não tenho certeza dos detalhes. Só posso tentar explicar a ideia geral, e nem os especialistas conseguem mais do que isso.

Li muita coisa a respeito de um sujeito — o nome dele é Kraepelin, acho — e não me lembro de tudo, claro, nem do conceito geral. Mas me lembro de algumas citações, de algumas coisas importantes, e acho que era mais ou menos assim:

"...difícil de ser estudado por ser raramente detectado. A condição no geral surge no período da puberdade, e costuma ser estimulada por traumas severos. O paciente sofre de fortes sentimentos de culpa... combinados à sensação de frustração e perseguição... que aumentam conforme envelhece; contudo, raramente são detectados sinais de... perturbações. Pelo contrário, o comportamento parece absolutamente lógico. Os argumentos que o paciente apresenta são razoáveis, até mesmo astutos. É plenamente ciente do que faz e por que faz..."

Isso foi escrito a respeito de uma doença, ou melhor, uma condição chamada dementia praecox. Esquizofrenia, do tipo paranoide. Severa, recorrente, avançada.

Intratável.

Pode-se dizer que foi escrito sobre...

Mas acho que você já sabe disso, não é?

23

Fiquei em cana ali por oito dias, mas ninguém me interrogou, e pararam de usar truques como a gravação. Eu meio que achei que eles não iam parar, porque não tinham certeza da prova que encontraram, de qual seria minha reação, quero dizer. Não tinham certeza se a prova ia fazer eu soltar o verbo. E mesmo que tivessem, eu sabia que prefeririam que eu não aguentasse mais e confessasse de uma vez. Se eu fizesse isso, provavelmente me mandariam pra cadeira elétrica. Caso contrário — se usassem a evidência —, não conseguiriam.

Mas acho que não tinham preparado a cela pra nenhum truque além daquele, ou talvez não tivessem o equipamento que precisavam. Enfim, só sei que pararam com aquilo. E no oitavo dia, por volta das onze da noite, me transferiram pra um hospício.

Me colocaram em um quarto bem decente — melhor do que qualquer outro que eu tinha visto certa vez, quando precisei levar um pobre coitado até lá, anos antes — e me deixaram em paz. Mas bastou uma olhada pelo quarto pra perceber que me observavam pelos vãos nas paredes. Não me deixariam em um quarto com tabaco e fósforos, um copo e um jarro d'água a menos que estivesse sendo observado.

Comecei a imaginar se me deixariam mesmo em paz se eu começasse a cortar minha garganta ou me enrolasse com os lençóis e ateasse fogo, mas não consegui pensar muito no assunto. Era tarde e eu estava exausto depois de dias naquela cela gelada. Fumei alguns cigarros enrolados à mão e apaguei as bitucas com cuidado. Depois, com as luzes ainda acesas — não havia interruptor no quarto —, me estiquei na cama e dormi.

Por volta das sete da manhã, uma enfermeira encorpada apareceu, ao lado de dois funcionários jovens com jalecos brancos. Ela mediu minha temperatura e meu pulso enquanto eles esperavam. Depois, ela saiu e os dois funcionários me levaram até o chuveiro e ficaram lá enquanto eu tomava banho. Não foram grosseiros, nem desagradáveis, mas não disseram nada além do necessário. Eu não disse nada.

Terminei o banho e vesti a camisola. Voltamos pro meu quarto e um deles arrumou minha cama enquanto o outro foi buscar o café da manhã. Os ovos mexidos estavam bem sem graça, e comer enquanto arrumavam o quarto e limpavam o penico não ajudou. Mas comi quase tudo e bebi o café fraco e morno. Quando acabei, tinham terminado de ajeitar o quarto. Foram embora e me trancaram de novo.

Fumei um cigarro enrolado à mão, foi muito prazeroso.

Imaginei — não, não imaginei. Não precisava imaginar como seria passar uma vida inteira em um lugar como aquele. Não devia ser um décimo tão bom quanto o que estava acontecendo ali, provavelmente, porque eu era um elemento especial. Até aquele momento, eu estava protegido; tinha sido sequestrado, pra falar a verdade. E tinha grandes chances de eles terem pisado na bola e a coisa toda começar a feder. Mas, se não fosse o caso, se me internassem — bem, eu ainda seria um tanto especial, só que de um jeito diferente. Estaria numa situação pior do que qualquer outro naquele lugar.

Conway faria de tudo pra isso acontecer, mesmo que o doutor Cara-de-Osso não estivesse de olho em mim.

Meio que imaginei que o doutor poderia aparecer de repente, com seus brinquedos de borracha, mas acho que teve o bom senso de perceber que estaria abaixo da média por aqui. Sujeitos como eu já enganaram vários psiquiatras bem espertos, e não posso culpá-los por isso. Não tem muito o que eles possam fazer, entende?

Talvez a gente tenha a doença, a condição; ou talvez sejamos apenas pessoas inteligentes e sangue-frio; ou, talvez, sejamos inocentes do que nos acusam. Podemos ser qualquer uma dessas três opções, porque os sintomas que apresentamos cabe nas três circunstâncias.

O Cara-de-Osso não causou problema nenhum. Ninguém causou. A enfermeira me visitava dia e noite, e os dois funcionários seguiam a mesma rotina. Levavam comida, iam comigo até o chuveiro, limpavam o quarto. No segundo dia, e nos dias intercalados desde então, deixavam eu me barbear com uma navalha sem fio enquanto ficavam lá, parados, me olhando.

Pensei em Rothman e Billy Boy Walker, mas realmente só pensava neles, assim, sem me preocupar. Porque, diabos, não tinha com o que me preocupar, e provavelmente aqueles dois estavam se preocupando o suficiente por nós três. Mas...

Mas estou adiantando as coisas.

Eles, Conway e os outros, ainda não tinham certeza a respeito da evidência que encontraram. E é como eu digo, preferiam que eu cedesse e confessasse. Então, no começo da segunda noite no hospício, usaram a artimanha.

Eu estava deitado de lado na cama fumando um cigarro quando as luzes diminuíram, quase apagaram. Então, ouvi um clique e percebi um flash de luz cruzar o teto; e Amy Stanton apareceu na parede do quarto, olhando pra mim.

Era uma foto, sem dúvida; uma que tinha sido transformada em slide. Não me esforcei muito pra perceber que usavam um projetor pra jogar a imagem contra a parede. Na imagem, ela estava sorrindo e caminhando pelo gramado da casa dela, com aquele ar de incomodada que eu já tinha visto tantas vezes. Quase conseguia ouvi-la dizer: "Ora, ora, veja só quem enfim chegou por aqui!". Eu sabia que era só uma foto, mas parecia real, tão real que respondi dentro da minha cabeça: "É o que parece, não é?".

Acho que eles têm um álbum inteiro dela. Não seria problema colocar a mão nisso, já que os pais dela, os Stanton, eram ingênuos, solícitos e não faziam perguntas. Enfim, depois da primeira foto, que era bem recente, apareceu uma de quando Amy tinha 15 anos. E avançaram pelos anos a partir dessa.

Eles... vi Amy no dia em que ela se formou no colegial; tinha 16 anos naquela primavera, e vestia aqueles vestidos brancos de renda e sandálias sem salto, parada, toda dura, com os braços grudados na lateral do corpo.

Vi Amy sentada nos degraus da entrada de casa, dando uma risada... Amy sempre teve dificuldade pra rir... porque aquele cachorro velho deles tentava lamber a orelha dela.

Vi Amy toda vestida, com ar de assustada, no primeiro dia que ela foi pra faculdade de professores. Vi a foto do dia em que ela terminou o curso de dois anos, em pé, reta, com uma das mãos atrás de uma cadeira; o esforço pra parecer mais velha era nítido.

Vi Amy — e eu mesmo tinha tirado boa parte daquelas fotos; parecia que tinha sido ontem — mexendo no jardim, vestida com jeans velhos; voltando a pé da igreja pra casa, com o rosto franzido debaixo do chapéu que ela mesma tinha feito; saindo da mercearia abraçando uma sacola enorme com os dois braços; sentada no balanço da varanda com uma maçã na mão e um livro no colo.

Vi Amy com o vestido puxado pra cima — ela havia acabado de pular uma cerca —, de cócoras, enquanto tentava se esconder e gritava comigo: "Não ouse, Lou! Nem tente tirar uma foto agora!... Ela ficou furiosa por eu ter tirado aquela foto, mas a guardou com ela.

Vi Amy...

Tentei lembrar quantas fotos havia, pra prever quanto tempo ainda aquilo ia durar. Parecia que eles tinham bastante pressa de passar por todas. Mal paravam dois segundos por foto. Eu mal começava a prestar atenção, a lembrar quando tinha sido tirada e quantos anos Amy tinha na época, e já passavam pra outra.

Me pareceu um jeito idiota de executar o plano, pra ser sincero. É como se não valesse a pena olhar pra ela, como se procurassem alguém mais bonita, sabe? E não sou preconceituoso nem nada, mas Central City não tem garotas bonitas e jeitosas como Amy Stanton.

Fora que era uma ofensa a Amy, era idiota da parte deles passar as fotos tão rápido... do jeito que parecia que estavam fazendo. Afinal, o objetivo daquele espetáculo era fazer com que eu cedesse, e como isso aconteceria se mal dava tempo de olhar as imagens?

É claro que eu não ia ceder. Me sentia melhor e mais forte por dentro a cada foto que passavam. Mas eles não sabiam disso, e não alivia o que fizeram. Aquele foi um trabalho porco. Eles tinham uma porra de um trabalho complicado pra fazer e tiveram preguiça de fazer direito.

Bom...

Começaram a mostrar as fotos perto das oito e meia, e isso poderia ter durado até duas da manhã. Mas acho que tinham muita pressa, porque chegaram na última foto lá pelas onze da noite.

Era uma foto que eu tinha tirado três semanas antes, e *essa* eles deixaram bastante tempo — bem, talvez não tanto, mas me deixaram dar uma bela olhada nela. Nós dois havíamos preparado uma comidinha e levado até o Parque Sam Houston. Eu tirei a foto bem na hora em que Amy começou a voltar pro carro. Ela olhou pra mim por cima do ombro, olhos bem abertos, sorrindo mas meio impaciente. Ela disse:

"Você não pode se apressar um pouco, querido?".

Me apressar?

"Puxa, vou tentar, benzinho. Vou tentar."

"Quando, Lou? Quando te vejo de novo, querido?"

"Poxa, benzinho. Eu... eu..."

Quase fiquei feliz quando acenderam as luzes. Nunca fui bom em mentir pra Amy.

Levantei e comecei a andar pelo quarto. Fui até a parede onde projetaram as imagens, esfreguei os olhos com as mãos fechadas, dei uns tapinhas na parede e puxei meus cabelos.

Fiz uma performance e tanto, pode acreditar. O suficiente pra pensarem que eu estava chateado, mas não pra alegarem insanidade.

A enfermeira e os dois funcionários não tinham nada novo pra dizer na manhã seguinte. Mas pareceu que agiam de um jeito diferente, foram um pouco mais cuidadosos. Então, fechei a cara e olhei a maior parte do tempo pro chão e comi só meio café da manhã.

Também quase não comi o almoço nem o jantar, o que não foi difícil, com a pouca fome que sentia. E fiz tudo que pude pra dar a impressão que eu queria — nem muito durão, nem muito fracote. Só que fiquei ansioso demais. Quando a enfermeira fez a visita noturna ao meu quarto, fiz uma pergunta que estragou tudo.

"Vão mostrar as fotos hoje de novo?"

Assim que perguntei, soube que tinha cometido uma burrada.

"Que fotos? Não sei do que você está falando", respondeu ela.

"As fotos da minha noiva. Você sabe. Vão mostrar hoje de novo, dona?"

Ela sacudiu a cabeça e percebi um brilho maligno no olhar dela.

"Você vai ver. O senhor mesmo vai ver."

"A dona podia pedir pra irem mudando as fotos mais devagar?", pedi. "Daquele jeito rápido não consigo ver direito. Mal olho e eles mudam a foto."

Ela franziu a testa. Sacudiu a cabeça enquanto olhava pra mim, como se não tivesse me ouvido direito. Se afastou da cama um pouco.

"Você", ela engoliu em seco, "você quer ver as fotos?"

"Bem, é, eu..."

"Você *quer* ver as fotos?", perguntou, devagar. "Quer ver as fotos da garota que você, que você..."

"Claro que quero ver." Comecei a ficar irritado. "Por que não ia querer? Qual o problema? Por que diabos não ia querer ver as fotos dela?"

Os homens deram um passo na minha direção. Baixei a voz.

"Me desculpe", falei. "Não quero causar confusão. Se vocês estiverem ocupados demais, talvez possam trazer o projetor até aqui. Sei mexer nele, e vou tomar bastante cuidado."

Foi uma noite bem ruim. Não passaram as fotos e senti tanta fome que demorei quatro horas pra dormir. Fiquei muito feliz quando amanheceu.

E foi assim que aquele truque acabou e não tentaram mais nenhum. Acho que perceberam que era perda de tempo. Então apenas fiquei lá, falando só o necessário e eles fazendo a mesma coisa.

Foi assim por seis dias e comecei a ficar preocupado. Porque, àquela altura, a prova que tinham já devia estar pronta pra ser utilizada, não havia mais o que esperar.

Veio o sétimo dia e comecei a ficar mais confuso ainda. E então, logo depois do almoço, Billy Boy Walker apareceu.

24

"Onde ele está?", gritava. "O que fizeram com aquele pobre coitado? Arrancaram a língua dele? Assaram o pobrezinho em fogo baixo? Onde ele está, exijo saber!"

Ele caminhava pelo corredor e gritava a plenos pulmões; e eu podia ouvir que várias pessoas caminhavam com ele, pedindo pra ele ficar quieto, coisa que em outras situações muitos já tinham tentado sem conseguir, e não foi diferente com o pessoal do hospício. Nunca tinha visto a figura na vida — apenas ouvi o homem algumas vezes falando no rádio —, mas sabia que era ele. Acho que sabia que ele estava chegando, mesmo se não tivesse ouvido os gritos. Você não precisava ver ou ouvir Billy Boy Walker pra saber que ele estava por perto. Podia simplesmente sentir.

Pararam na frente da minha porta, e Billy Boy começou a bater como se não existisse chave e ele tivesse que colocar tudo abaixo.

"Sr. Ford! Pobre homem!", gritou. E, olha, aposto que dava pra ouvir lá de Central City. "Consegue me ouvir? Eles furaram seus tímpanos? Está fraco demais pra falar? Seja forte, meu pobre amigo!"

Ele continuou a bater na porta e a gritar, e eu sei que tinha tudo pra ser engraçado, mas, por algum motivo, não foi. Mesmo pra mim, que sabia que ninguém tinha feito nada comigo, juro, não parecia engraçado. Quase acreditei que *tinham* me torturado.

Destrancaram a porta e ele avançou pra dentro. Ele tinha uma cara engraçada — ele parecia tão engraçado quanto soava —, mas não senti a menor vontade de rir. Era baixo, gordo e barrigudo; faltavam alguns botões na camisa e o umbigo estava de fora. Vestia um terno preto velho e largo, suspensórios vermelhos e um chapéu preto enorme meio torto na cabeça. Tudo nele era meio desproporcional e disforme. Mas eu não conseguia encontrar motivos pra rir. Pelo que deu a entender, a enfermeira, os dois funcionários e o velho doutor Cara-de-Ossos pensaram a mesma coisa.

Billy Boy jogou os braços ao meu redor, me chamou de "pobre coitado" e deu um tapinha na minha cabeça. Precisou esticar a mão pra fazer isso, mas tive impressão de que não ia conseguir alcançar e não achei isso engraçado.

Ele se virou abruptamente e agarrou a enfermeira pelo braço.

"Esta é a mulher, sr. Ford? Foi ela que bateu em você com correntes? Vergonha! Abominação!" E ele esfregou a mão contra a calça olhando fixamente pra ela.

Os funcionários me ajudaram a me a vestir e não estavam enrolando nem nada. Mas nunca daria pra saber isso se você ouvisse as palavras de Billy Boy.

"Demônios!", gritava ele. "Seus apetites sádicos nunca serão saciados? Precisam continuar a degustar e deliciar-se com seus próprios atos? Não vestirão esta pobre carne torturada, esta criatura destruída que já foi um homem construído à imagem de Deus?"

A enfermeira gaguejava e chiava, o rosto exibia meia dúzia de cores. Os ossos do doutor pareciam fazer polichinelo. Billy Boy Walker pegou o penico e enfiou debaixo do nariz do ossudo.

"Você o alimentou com isso? Foi o que pensei! Pão e água, servidos em uma jarra de excrementos! Que vergonha, que vergonha! Fez isso mesmo? Responda-me, tratante! Fez isso? Que vergonha, absurdo! Perjuro, subornador! Responda sim ou não!"

O doutor balançou a cabeça e depois assentiu. Ele fez esses gestos com a cabeça ao mesmo tempo. Billy Boy largou o penico no chão e me pegou pelo braço.

"Esqueça o seu relógio de ouro, sr. Ford. Esqueça o dinheiro e as joias que roubaram. Você tem suas roupas. Confie em mim, o resto será recuperado — e muito mais! Muito, muito mais, sr. Ford."

Billy Boy me empurrou pra fora do quarto antes de sair, então se voltou devagar e passeou o dedo pelo cômodo.

"Você", disse ele, lentamente, apontando um por um. "Você e você e você estão acabados. Este é o fim pra vocês. O fim."

Ele olhou todos nos olhos, e ninguém disse uma palavra nem se moveu. Ele me pegou pelo braço outra vez e caminhamos pelo corredor, e todos os três portões já estavam abertos antes de chegarmos até eles.

Ele se espremeu atrás do volante do carro que alugou em Central City. Girou a chave. Houve um rugido e um solavanco, e saímos em alta velocidade pelo portão principal até a rodovia onde duas placas, voltadas em direções opostas, diziam:

ATENÇÃO! CUIDADO!
Não dê carona! Caroneiros podem ser
LUNÁTICOS FUGITIVOS!

Ele se ergueu no assento, enfiou a mão no bolso traseiro e puxou um pacote de tabaco. Me ofereceu e neguei com a cabeça, e ele jogou uma porçãozona pra dentro da boca.

"Péssimo hábito", disse ele, em um tom de voz mais normal. "Mas comecei jovem e duvido que pare."

Ele cuspiu pela janela, limpou o queixo com a mão e passou na calça. Encontrei o material que peguei no hospício e comecei a enrolar um cigarro.

"Quanto a Joe Rothman", falei. "Eu não disse nada a respeito dele, sr. Walker."

"Mas nem precisava falar nada! Nem passou pela minha cabeça que o senhor fosse fazer isso, sr. Ford", comentou. E não sei se falava sério ou não, mas parecia que sim. "Sabe de uma coisa, sr. Ford? Nada do que fiz lá no hospício faz sentido."

"Não mesmo", concordei.

"Não, senhor, nem um pouquinho. Estou na cidade há quatro dias, revirando céu e terra. Teria sido mais fácil tirar Jesus da cruz. E acho que foi puro hábito, como mascar esse tabaco aqui — sei que não presta, mas não paro de mastigar. Eu não o libertei, sr. Ford. Não tive nada com isso. Eles me *deram* um mandado. Eles me *disseram* onde você estava. É por isso que está aqui, sr. Ford, e não lá."

"Eu sei", respondi. "Imaginei que fosse algo assim."

"Você entende? Não vão deixar você em paz; foram longe demais pra recuar agora."

"Eu entendo", respondi.

"Descobriram algo? Algo que não pode negar?"

"Descobriram."

"Acho melhor me contar."

Hesitei, pensei e por fim sacudi a cabeça, negando.

"Acho que não, sr. Walker. Não há nada que o senhor possa fazer. Ou que eu possa. Apenas perderia tempo, e posso colocar o senhor e Joe no meio do problema."

"Ora, vamos", ele cuspiu pela janela de novo. "Acho que posso analisar algumas coisas melhor do que você, sr. Ford. Você... é... não está meio desconfiado, não?"

"Acho que sabe que não estou", disse eu. "Só não quero que mais ninguém se machuque."

"Entendo. Então me diga hipoteticamente. Digamos que exista um conjunto de circunstâncias que fariam o senhor cometer um erro. Apenas invente uma situação que não tem nada a ver com a sua."

Então, eu disse o que haviam descoberto e como planejavam usar essa prova, hipoteticamente. E gaguejei feito um imbecil, porque descrever minha situação, a evidência que tinham, de forma hipotética, era muito difícil. Mas ele entendeu sem que eu precisasse repetir uma única palavra.

"É a história toda?", perguntou. "Eles não têm, não conseguiram e não conseguem depoimento nenhum?"

"Aposto que não", respondi. "Posso estar errado, mas tenho quase certeza de que não conseguiram nada com essa... prova."

"Bem, então? Desde que você esteja..."

"Eu sei", assenti. "Não vão me pegar desprevenido, como tentaram. Eu, quer dizer, essa pessoa de quem estou falando..."

"Prossiga, sr. Ford. Pode continuar a usar a primeira pessoa. É mais fácil."

"Bem, eu não perderia o controle na frente deles. Acho que não. Mas, cedo ou tarde, vai acontecer na frente de alguém. É melhor que seja agora, pra acabar com isso de uma vez."

Ele virou a cabeça por um momento e olhou pra mim; o chapéu enorme tremia com o vento.

"Você disse que não queria que mais ninguém se machucasse. Falava sério?"

"Sim. Não posso machucar quem já está morto."

"Justo", comentou. Mas, se entendeu o que eu quis dizer e ficou satisfeito, não sei. As ideias de certo e errado que ele cultivava não estavam tão afinadas com a cartilha. "Mas confesso que odeio desistir", franziu a testa. "Acho que nunca fui de desistir."

"Não podemos chamar isso de desistir", disse eu. "Vê o carro lá atrás, no retrovisor? E o na nossa frente, que entrou na estrada agora mesmo? São carros do condado, sr. Walker. Você não está desistindo de nada. As coisas estão perdidas há muito tempo."

Ele olhou com o canto do olho pelo retrovisor e depois cerrou os olhos pra ver pelo para-brisa. Cuspiu e esfregou a mão na calça, devagar, contra o tecido escuro e manchado. "Ainda temos chão pela frente, sr. Ford. Cerca de cinquenta quilômetros, não é?"

"Mais ou menos. Talvez mais."

"Será que gostaria de me contar tudo? Não precisa, sabe, mas talvez ajude. Talvez me permita ajudar alguém."

"Você acha que eu poderia... que tenho condições de contar?"

"Por que não?", perguntou. "Anos atrás, tive como cliente um médico muito competente, sr. Ford. Um dos homens mais agradáveis que já conheci, e tinha mais dinheiro do que conseguia gastar. Mas ele tinha feito cerca de cinquenta abortos antes de ser preso e, até onde as autoridades descobriram, todas as pacientes do aborto morreram. Ele mesmo garantiu que morressem de peritonite um mês após a operação. E ele me disse o motivo, e poderia ter dito a qualquer um, quando finalmente encarou os fatos. Ele tinha um irmão mais novo que era "inacabado", uma monstruosidade prematura, resultado de uma tentativa de aborto tardia. Ele viu aquela meia criança agonizar por anos. Esse médico nunca se recuperou da experiência, e nem as mulheres em quem realizou abortos... Insano? Bom, a única definição legal que temos pra insanidade é que uma pessoa em tal condição necessita de confinamento. Portanto, como ele não estava confinado quando matou aquelas mulheres, acho que então ele era são. Pelo menos pra mim, o sujeito soava bastante razoável."

Ele mudou a ruminação da mandíbula, mastigou por um momento e prosseguiu.

"Eu não tive educação jurídica, sr. Ford; aprendi a lei em um escritório de advocacia. O mais perto que estive de uma educação superior foram alguns anos na faculdade de agricultura, o que foi uma bela perda de tempo. Rotação de colheitas? Bom, como é possível quando os bancos só fazem empréstimos pra safras de algodão? Conservação do solo? Como fazer o terraceamento, a drenagem e a aragem em contorno em um sistema de parceria rural? Estoque de raça pura? Certo. Talvez você possa trocar o seu javali por um porco doméstico... Aprendi apenas duas coisas naquela faculdade que foram úteis, sr. Ford. Uma foi que eu não queria viver pior do que as pessoas que estavam no comando, então talvez fosse melhor eu tentar puxar elas pra baixo e montar no cavalo. A outra foi uma definição que tirei dos livros de agronomia, e acho que é ainda mais importante do que a primeira. Foi importante pra reavaliar minha forma de pensar, se é que eu realmente pensava alguma coisa naquela época. Antes daquilo eu via tudo em preto e branco, bom e ruim. Mas depois que fui corrigido, vi que o nome que você atribui a alguma coisa depende do seu contexto e do contexto dessa coisa. E... e aí vai a definição, direto dos livros de agronomia: 'Uma erva-daninha é uma planta fora de lugar'. Vou repetir: 'Uma erva-daninha é uma planta fora de lugar'. Se encontro uma malva-rosa no milharal, é uma erva-daninha. Se encontro no meu quintal, é uma flor.

"Você está no meu quintal, sr. Ford."

... Então eu contei o que aconteceu enquanto ele balançava a cabeça, cuspia e dirigia, um sujeito engraçado que parecia um camarão barrigudo e que tinha só uma coisa a oferecer, compreensão; mas era tamanha que você esquecia de todo o resto. Ele me entendia melhor do que eu mesmo.

"Sim, sim", disse ele, "você tinha que gostar das pessoas. Tinha que repetir a si mesmo que gostava delas. Você precisava compensar os sentimentos profundos e subconscientes de culpa." Ou, quando me interrompia: "E, claro, você sabia que jamais deixaria Central City. A superproteção deixou você com medo do mundo exterior. Mais importante ainda, ficar aqui e sofrer fazia parte da cruz que você tinha que carregar".

Ele entendia mesmo.

Acho que Billy Boy Walker deve ter sido mais amaldiçoado nas altas esferas do que qualquer outro homem neste país. Mas nunca conheci alguém de quem eu gostasse tanto.

Acho que a maneira como você se sentia sobre ele dependia da posição que você ocupava.

Ele parou o carro na frente da minha casa e eu já tinha contado a ele tudo o que tinha pra contar. Mas ele ficou lá, sentado, enquanto cuspia e meio que analisava.

"Se importa que eu entre por alguns minutos, sr. Ford?"

"Acho que não seria muito inteligente", respondi. "Tenho impressão de que não vai demorar muito mais."

Ele pegou um relógio do bolso e deu uma olhada.

"Tenho algumas horas antes do trem, mas... É, bem, talvez tenha razão. Sinto muito, sr. Ford. Pensei que, na pior das hipóteses, o senhor fosse embora comigo."

"Não poderia, independente da situação. É como o senhor disse, estou preso à cidade. Não serei livre enquanto estiver vivo..."

25

Você não tem mais nem um segundo, mas é como se tivesse toda a eternidade. Não tem nada pra fazer, mas é como se precisasse fazer tudo.

Você faz um café e fuma alguns cigarros. E os ponteiros do relógio não fazem mais sentido. Mal se movem, parece que não se moveram desde a última vez que você olhou pra eles, mas eles mediram metade — ou dois terços? — da sua vida. Você tem toda a eternidade pela frente, mas não tem mais tempo.

Você tem a eternidade e, por algum motivo, não pode fazer muita coisa com isso. Você tem a eternidade, e ela tem um quilômetro e meio de largura, dois centímetros e meio de profundidade e está cheia de crocodilos.

Você vai até o escritório e pega um livro ou dois da prateleira. Lê algumas linhas como se a sua vida dependesse de uma leitura correta. Mas sabe que a sua vida não depende de nada que faça sentido e se pergunta de onde diabos tirou a ideia de que fazia. E começa a ficar irritado.

Vai até o laboratório e começa a remexer as prateleiras de caixas e garrafas, joga tudo no chão, chuta e pisa em tudo. Encontra a garrafa com ácido nítrico cem por cento puro e tira a rolha. Leva até o escritório e sacode a garrafa pelas prateleiras de livros. E as capas de couro começam a esfumaçar, se contorcer e murchar — e isso não é bom o suficiente.

Você retorna ao laboratório. Encontra uma garrafa de álcool e a caixa com velas que sempre guarda para emergências. Para *emergências.*

Você sobe até o segundo andar da casa e depois usa as escadinhas que saem do teto e levam até o sótão. Você desce do sótão e passa por todos os aposentos. Você desce mais um pouco e vai até o porão. E quando volta à cozinha não tem mais nada nas mãos. Todas as velas e todo o álcool se foram.

Você agita o bule de café e o coloca de volta no fogão. Enrola mais um cigarro. Pega uma faca da gaveta e esconde na manga da camisa rosada que você está usando com a gravata-borboleta preta.

Senta-se à mesa com o café e o cigarro e mexe o cotovelo pra cima e pra baixo, pra ver até onde consegue baixar o braço sem que a faca caia, pra que apenas deslize até sua mão, uma vez ou duas.

Você pensa: "Caramba, como você pode? Como pode machucar alguém que já morreu?".

Você se pergunta se fez tudo direito, pra que não reste nada daquilo que nunca devia ter acontecido, e sabe que tudo foi feito corretamente. Você sabe porque planejou este momento diante da eternidade há muitos anos, em algum lugar.

Você olha pro teto, escuta o que há além do teto e além do céu. E não há a menor dúvida na sua mente. É o avião que se aproxima do Leste, de Fort Worth. É o avião em que ela está.

Você olha pro teto, sorrindo, e acena com a cabeça e diz:

"Há quanto tempo. Como você está, hein, docinho? Como estão as coisas, Joyce?".

26

Só de gozação, espiei pela porta traseira e depois caminhei até a metade da sala, me agachei e olhei pela janela. Foi como pensei, claro. Haviam cercado a casa por todos os lados. Homens com Winchesters. A maioria policiais e alguns dos "inspetores de segurança" contratados por Conway.

Teria sido divertido ir até a varanda e acenar a todos. Mas seria divertido pra eles também e acho que aquela ação toda já era mais diversão do que mereciam. Enfim, alguns dos "inspetores" pareciam meio que felizes demais, agitados, ansiosos pra mostrar serviço ao patrão, e eu ainda tinha um trabalho a fazer.

Eu tinha de preparar tudo o que levaria comigo.

Dei a última volta pela casa e vi que tudo — o álcool, as velas — estava pronto. Voltei pra baixo, fechei as portas — *todas as portas* — e me sentei na cadeira da cozinha.

O pote de café estava vazio. Havia papel e tabaco suficiente pra só um cigarro e, sim — *sim!* —, só tinha mais um fósforo. Tudo parecia melhor do que a encomenda.

Traguei o cigarro e olhei as cinzas avermelhadas se moverem na direção dos meus dedos. Observei sem precisar, pois sabia que se aproximariam até onde eu quisesse, e não além.

Ouvi um carro parar na frente de casa. Ouvi as portas se abrirem e fecharem. Ouvi quando atravessaram o gramado, subiram os degraus e cruzaram a varanda. Ouvi quando abriram a porta da frente e entraram. E as cinzas morreram e o cigarro apagou.

Coloquei o cigarro no pires e olhei pra cima.

Olhei pela janela da cozinha primeiro, pros dois sujeitos lá fora. Então, olhei direto pra eles:

Conway e Hendricks, Hank Butterby e Jeff Plummer. Dois ou três sujeitos que eu não conhecia.

Afastaram-se uns dos outros, ainda me observando, e deixaram que ela passasse. Olhei pra ela.

Joyce Lakeland.

Seu pescoço estava coberto por uma peça de gesso que ia até o queixo, feito um colar, e ela caminhava devagar, mancando. O rosto era uma máscara branca de gaze e esparadrapo, e não dava pra ver direito, só os olhos e os lábios. Ela tentava dizer alguma coisa — os lábios se moviam —, mas não saía voz. Ela mal conseguiu sussurrar.

"Lou... eu não..."

"Claro", disse eu. "Não achei que tivesse feito, docinho."

Ela caminhou na minha direção. Levantei da cadeira e ergui o braço direito como se fosse pentear o cabelo.

Senti meu rosto se contorcer e meus lábios se afastarem dos meus dentes. Eu sei que minha aparência não devia estar das melhores, mas ela não se importou. Não estava assustada. Do que teria medo?

"... assim, Lou. Não assim..."

"Claro que não pode", falei. "Não sei como conseguiria."

"... de jeito nenhum sem..."

"Dois corações que batem como um", disse eu. "Dois — rá, rá rá — dois — rá, rá rá, rá, rá rá, rá — dois — J-Jesus Crist — rá, rá rá, rá, rá rá, rá — dois Jesus..."

E avancei na direção dela. Fiz exatamente o que pensaram que eu faria. Quase. E, quando vi a fumaça aparecer de repente do chão, foi como se eu tivesse dado um sinal. E a sala explodiu, com tiros e gritos, e parece que eu explodi também, enquanto gritava e gargalhava e...e...

porque ninguém tinha entendido. Ela entendeu no segundo em que a lâmina entrou no meio das costelas. E todos viveram felizes pra todo o sempre, acho, e acho que é isso.

É, acho que é tudo, a menos que nossa espécie receba outra chance na próxima vida. Nossa espécie. Todos nós.

Todos nós, que começamos a partida com uma ideia errada das coisas, que desejamos muito e conseguimos pouco, que tínhamos tantas boas intenções e causamos tanto mal. Todos nós. Eu e Joyce Lakeland e Johnnie Pappas e Bob Maples e o velho Elmer Conway e a pequena Amy Stanton. Todos nós.

Todos nós.

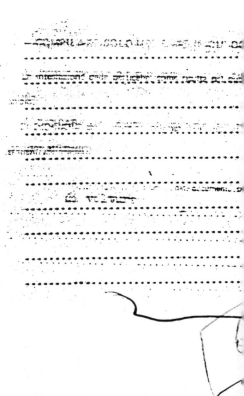

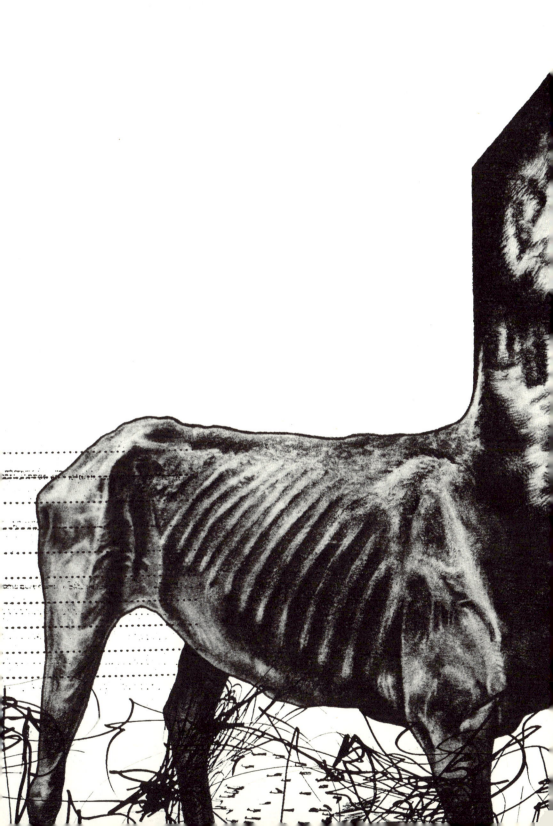

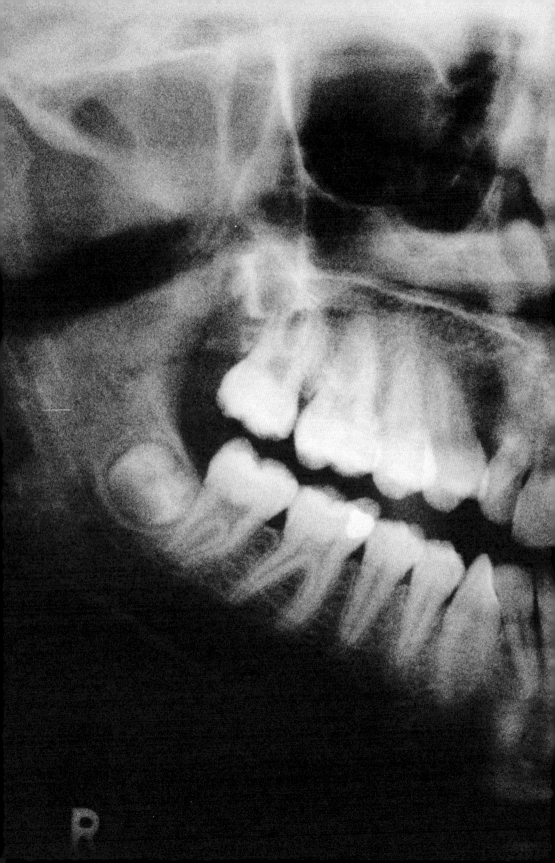

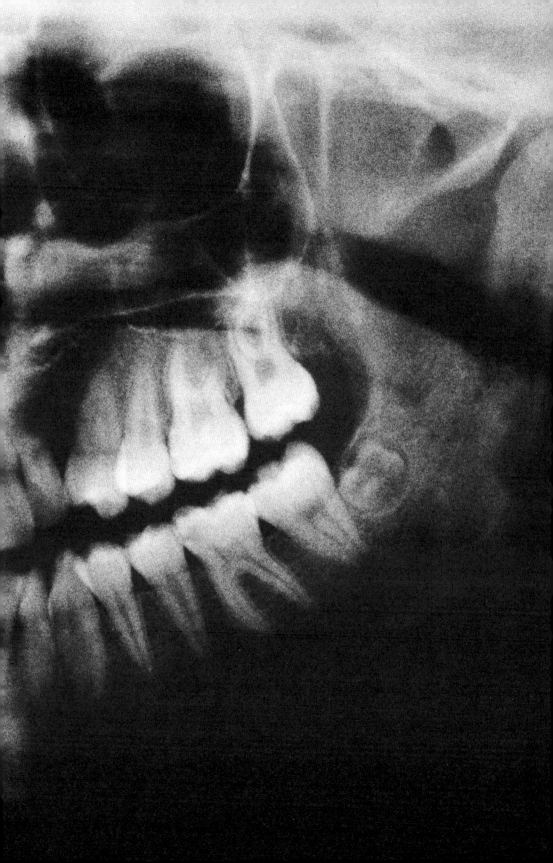

*Jim Thompson no seu escritório em Oklahoma City em 1938
(Photo courtesy of the Oklahoma Historical Society)*

*% foi um renomado autor norte-americano, considerado um dos grandes mestres da literatura noir. Thompson começou sua carreira como escritor na década de 1920, mas foi na década de 1950 que ele alcançou o reconhecimento e o sucesso que o consagrou como um dos grandes nomes do gênero. Ao longo de sua carreira, Jim Thompson escreveu diversos romances sombrios e intensos, explorando temas como crime, corrupção, violência e as profundezas obscuras da natureza humana. Sua narrativa crua e realista apresenta personagens não confiáveis, complexos e moralmente ambíguos — à margem da sociedade ou ao centro dela. Embora Thompson tenha ganhado pouco reconhecimento em vida, suas obras conquistaram grande apreciação crítica e popularidade ao longo do tempo; alguns de seus livros mais notáveis foram adaptados para o cinema. Sua escrita única e impactante influenciou muitos autores contemporâneos e o tornou uma figura influente no mundo da literatura noir. A vida de Jim Thompson foi marcada por tragédias pessoais e dificuldades financeiras — ele lutou contra o alcoolismo, teve dificuldades em manter-se financeiramente estável e morreu aos 70 anos. Apesar das adversidades enfrentadas em sua vida, o legado literário de Jim Thompson perdura até hoje. Sua habilidade em retratar a natureza humana em sua forma mais sombria e sua escrita arrebatadora continuam a encantar e intrigar os leitores ao redor do mundo. Thompson é lembrado como um dos grandes mestres da literatura noir e seu trabalho continua a influenciar a cultura literária e cinematográfica até os dias de hoje.

JIM THOMPSON (1906-1977)

MACABRA™
DARKSIDE

FEAR IS NATURAL ©MACABRA.TV   DARKSIDEBOOKS.COM